구구 아저씨

구구 아저씨

김은주 장편소설

팩토리나인

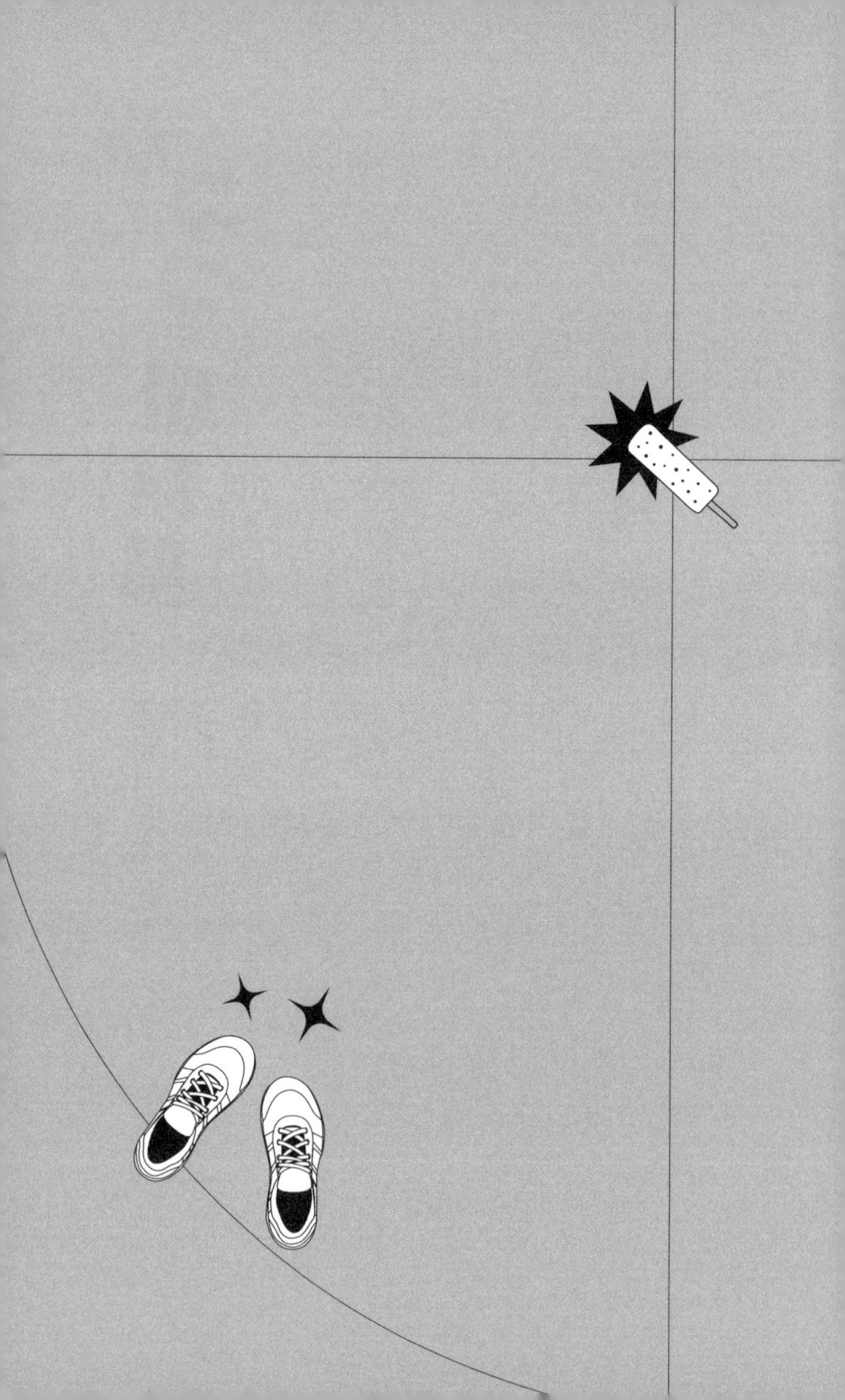

목차

프롤로그

세계신기록에 가장 가까운 열일곱

"한 해만 반짝하는 선수는 되지 않겠습니다."

다연은 나무 그늘에 앉아 벽돌색 트랙을 바라보았다. 막 이른 장마가 끝난 후의 바람이 땀 맺힌 이마를 훅 스치고 지나갔다. 이제 고등학교 여자 100m 경기가 시작된다고 누군가 큰 소리로 선수들을 불렀다. 다연은 트랙으로 걸어갔다. 그리고 가슴과 허벅지를 타이트하게 조이는 검은색 유니폼을 매만지며 스타트라인에 섰다. 뜨거운 햇볕이 팔과 다리에 조용히 빨려 들어갔다. 나란히 서 있는 여덟 명의 선수 앞으로 코치들이 걸어 나왔다. 출발이 얼마 남지 않았다는 신호였다.

"저기 스카우터들 보여?"

다연은 코치의 손가락을 따라 관중석을 바라보았다.

"다 너 보러 온 거야. 작년 4월에 2위로 들어온 애가 누군지 보려고. 그렇지 않으면 전국 체전 예선을 누가 보러 와? 스타 하나 나왔나 싶어서 보러 온 거지."

갑자기 카메라 플래시가 이쪽을 향해 펑, 하고 터졌다. 다연은 눈을 질끈 감았다가 떴다.

"오늘은 제일 먼저 들어와. 맨 앞에 있을 때 사진 딱 찍히면 좋잖아."

작년 4월, 다연은 12초 03의 기록으로 고교, 일반부 선수들을 제치고 전국 육상 선수권대회 여자 100m 전체 2위를 차지했다. 다연은 그 대회에서 결승까지 오른 유일한 중학생이었다. 국가대표 상비군이자 고교 랭킹 1위 선수가 세운 기록인 12초 19보다 앞선 기록으로 들어온 중학생 스프린터에게 기자들이 몰려들었다. 기자는 목에 은메달을 걸고 있는 다연에게 소감을 물었다. 다연은 계속 열심히 하겠다고 짧게 대답했다. 기자는 한국 육상계에 스타 탄생을 기대하는 국민에게 한마디 더 해달라고 재촉했다. 다연은 마이크를 노려보다가 다시 한번 말했다. 한 해만 반짝하는 선수는 되지 않겠습니다.

"오늘은 예선이니까, 기록이 아니라 1등으로 들어오는 게 더 중요해. 걔들은 누가 제일 먼저 들어오는지만 보고 일어날 거야."

"그래도 잘 해야죠, 저번보다."

다연은 옆 라인 선수의 발을 완벽하게 감싼 운동화를 힐끔거렸다. 일본에서 거액을 들여 개발했다는 경쟁자의 운동화에는 흡사 별자리 같은 무늬가 새겨져 있었다. 무늬도 없는 낡고 평범한 운동화로 옆의 선수를 이길 수 있을까. 다연은 저만치 앞 트랙으로 시선을 돌렸다. 깨끗한 트랙 위로 불순물이 섞이지 않은 6월의 빛이 천천히 내려왔다. 크게 심호흡을 하자 잠깐 휘청이던 마음이 다시 무덤덤해졌다. 뛸 때 다른 생각을 하면 더 힘들다. 경쟁자의 운동화도 코치의 말도 마음에서 지웠다. 그 대신 마음 밑바닥에 수정처럼 빛나고 있는 목표를 떠올렸다.

1988년 서울올림픽에서 플로렌스 그리피스 조이너가 세운 여자 100m 달리기 세계신기록 10초 49. 시속으로 환산하면 약 34km. 고교 랭킹 1위 기록인 12초 19로는 멀었다. 내 기록은 12초 03이다. 내가 더 세계신기록에 가깝다. 하지만 작년에 세운 기록을 넘지 못한 채 열일곱이 되었다. 이 무렵 다연은 한 달에 한 켤레꼴로 운동화를 소모했다. 그리고 매일의 기록들을 휴대폰에 전부 저장했다. 착실하게 달리다 보면 알 수 있었다. 얼마만큼 달려야 스스로 납득할 수 있는 수준의 연습량인지. 그걸 매일 운동장 위에서 몸으로 익혔다. 물론 단점도 제대로 알고 있다. 큰 키 때문에 스타트가 조금 불안하고, 달릴 때 어깨에 힘이 들어간다. 시합 전에는 그것들을 최대한 집요하게 떠올리며 달린다. 아무도 눈치채지 못할 변화를 스스로 주어가면서 달리고 또 달렸다. 몸에서 땀이 떨어져 나가는 것이 보일 정도로 땀을 흘려도, 스타트를 제대로 하고 어깨에서 힘을 빼는 일에 대해 잊어버리지 않으려 했다. 하지만 경기가 시작되면 머릿속을 비웠다. 애초에 거기에 무엇이 담겼는지 상상도 못 할 만큼 말끔하게. 그리고 긴 팔과 긴 다리가 폭발적인 속도로 나의 등을 피니시라인을 향해 힘껏 떠미는 장면만 생각했다.

곧 경기가 시작된다는 심판의 외침에 코치들이 트랙 밖으로 빠져나왔다. 그리고 당부 사항을 마저 전달하기 위해 자기 선수를 향해 소리를 질렀다. 하지만 다연은 코치가 아닌, 경기장에서 한참이나 떨어져서 서 있는 아빠를 바라보았다. 아빠의 입술이 움직였다. 그리고 왼손이 턱수염을 한 번 쓰다듬고 야구점퍼 주머니 속으로 들어갔다. 마치 야구 수신호 같다. 아빠가 보내는 신호가 무슨 의미인지 알 수 없다. 그런데도 아빠의 말이 바람을 타고 희미하게 다가오는 것 같다. 아빠는 지금 내 기분을 알 것이다. 타석에 섰던 때에 느껴보았을 감정일 테니까.

레디. 다연은 스타팅블록에 발을 고정하고 강하게 눌렀다. 그대로 튕겨 나갈 듯 발목에 힘이 들어갔다. 이 순간이 가장 좋다. 몸 깊은 곳을 막고 있던 무언가가 빠져나가면서 시원한 물이 막힘없이 솟구쳤다. 샤워기의 물이 기세 좋게 쏟아지듯, 자신감이 먼저 앞서서 뛰어나갔다.

탕. 운동화의 고무바닥이 딱딱한 트랙을 튕겨냈다. 이제 1부터 40까지 센다. 우사인 볼트는 단 40걸음 만에 피니시라인을 밟았다. 12초 03의 기록으로는 어떻게 해도 40걸음 만에 들어갈 수 없다. 하지만 바라보는 거다. 별에 갈 수 없다고 별 보기를 포기하는 게 아니라 그래도 별을 보는 거다. 그렇게 규칙을 정했다. 오직 달리기 위해 만들어진 기계처럼, 다연은 걸음 수를 세며 세차게 팔을 흔들고 강한 발차기로 트랙을 밀어냈다. 남은 거리는 5m. 피니시라인 너머에 있는 한 점에 정신을 집중했다.

하지만 바로 다음 순간, 다연은 트랙 위로 고꾸라졌다. 내던져진 통나무처럼 트랙 위를 굴렀다. 뺨과 이마가 거칠한 트랙과 맞닿자 저절로 얼굴이 찌푸려졌다. 그보다 왼쪽 발목이 불이 붙은 듯 뜨겁다. 몸 상태는 완벽했다. 휴식도 충분히 취했다. 훈련은 단 하루도 쉬지 않았다. 그렇게 노력했는데 어째서 넘어진 것일까? 다연은 트랙에 엎드린 채 고개를 들어 아빠를 바라보았다. 아빠를 보자 떠오르는 말이 있었다. 동료에게 방망이를 주고 왔어. 왼쪽 발목이 부러진 순간 왜 그 말이 떠올랐는지 알 수 없다. 겁이 난다. 무서워서 꼼짝도 할 수 없다. 꼼짝했다가는 태어날 때부터 지금까지 어딘가에 숨어 있던 괴물들이 일제히 사방에서 튀어나와 아우성치며 달려들 것만 같다.

1

추락하는 롤러코스터

다연은 운동화 속으로 발을 밀어 넣었다. 휴대폰은 운동복 주머니 속에 넣었다. 벽에 걸린 검은색 시계가 5시 30분을 가리켰다. 다연이 태어나기 전부터 있던 골동품 같은 시계지만 바늘이 가리키는 시간은 늘 정확했다. 다연은 현관문을 열기 전에 다시 한번 집 안을 둘러보았다. 물기 없이 깨끗하게 마른 싱크대, 싱싱한 튤립이 들어 있는 화병, 냉장고에 테이프로 고정해 놓은 메모, 의자 등받이에 걸쳐 있는 앞치마, 그리고 공기 중에 은은하게 감도는 달짝지근한 냄새.

늘 보던 광경을 한 번 더 둘러보는 것만으로도 엄마와 외할머니가 만들어내는 보이지 않는 보호막을 몸 위로 한 겹 두른 것 같다. 다연은 심호흡을 하고 집을 나섰다.

간밤에 소나기가 왔는지 보이는 것 전부가 촉촉한 물방울을 뒤집어쓰고 있었다. 동쪽 하늘에서 은은한 빛을 내뿜으며 떠오르는 해를 바라보며 다연은 한강공원을 향해 걸었다. 잠은 완전히 깼지만 몸 어딘가에는 아직 덜 깬 잠이 웅크리고 있는 것 같다. 잠실대교를 건너다가 난간을 붙잡고 한강을 내려다보았다. 바람이 불지 않아 수면은 고요했다. 눈이 부시게 밝은 아침 햇살이 다리와 한강을 충만하게 비췄다. 바람이 불고 비가 내리는 날이면 한강은 바다를 연상케 했다. 파도가 일렁이는 한강을 보고 있으면 물길을 따라 어디로든 가버리고 싶었다. 가고 싶은 곳도 오라는 곳도 없지만, 강물에 빗물이 더해지는 걸 보면 마음이 파도치듯 일렁였다. 수도 없이 지나간 다리이고 매일 보는 한강인데 오늘은 평소와 느낌이 조금 다르다. 어쩌면 줄지어 날아가는 참새마저도 어제 본 것과 같은 새들일지 모르는데.

한강공원에는 새벽 운동을 하러 나온 사람들이 점점이 흩어져 있었다. 도복을 입은 고등학교 태권도부와 개를 데리고 나온 사람, 땀을 흘리며 조깅하는 외국인 청년이 다연의 앞을 지나쳐 갔다. 어디선가 누가 틀었는지 알 수 없는 노래가 희미하게 들려왔다. 다연은 아빠에게 물려받았다고 생각할 수밖에 없는 튼튼한 허벅지와 허리 근육을 의식하면서 머릿속에 새겨져 있는 몇 종류의 스트레칭을 마치고 철봉을 잡았다. 팔의 힘으로 힘껏 몸통을 끌어올렸다. 잠은 완전히 깼다. 턱걸이를 몇 번 했더니 땀이 솟아나 금세 몸이 끈끈해졌다. 몸은 그대로다. 여전히 단단하고 힘이 넘친다.

얼마 전에 스포츠 뉴스에서 흥미로운 기사를 읽었다. 단거리 기록 단축은 허벅지를 위로 당기는 힘과 탄력이 중요한데, 대퇴부를 빠르고 힘 있게 당기는 근육이 바로 허리에 있는 대요근이다. 그래서 기자는 스포츠 전문가들과 모여 자메이카의 육상선수 아사파 포웰과 우리나라 육상 국가대표의 대요근을 비교했다. 하지만 결론적으로 흑인인 아사파 포웰과 우리나라 선수의 대요근은 별 차이가 없었다. 흑인에게는 우리가 노력으로 극복할 수 없는 특별한 점이 있을 거라는 치사한 발견이라도 할 수 있길 바란 걸까. 어른들은 자존심도 없나. 예를 들면, 앞바람이 강하게 부는 날은 기록이 좋지 않다. 그렇다고 해서 오늘 기록이 나쁜 걸 바람 탓을 하면 다음에는 또 다른 걸 탓하게 된다.

다연은 학교 체육실에 있는 낡아빠진 구식 운동기구를 이

용해 매일 근육 운동을 했다. 하체 근력만으로 좋은 기록을 내는 건 한계가 있었다. 상체 근육이 받쳐줘야 스피드를 올릴 수 있다. 매일 비릿한 쇠 냄새가 나는 운동기구와 씨름을 한 덕에 다연은 일반부 선수들과 함께 서 있어도 체격 면에서 그다지 밀리지 않았다. 다연이 어깨에 파스를 척척 붙이고 있으면 엄마는 뭘 먹고 언제 이렇게 빨리 컸냐며 놀라곤 했다.

다연네 가족은 셋이다. 서른일곱의 엄마 영미는 종합병원 응급실 10년 차 간호사고, 외할머니는 팥빙수와 단팥죽을 파는 가게를 운영한다. 얼마 전에는 TV 방송국에서 할머니 가게를 취재하고 돌아갔다. 리포터는 100년도 넘은 종갓집에 온 표정을 지으면서 할머니의 주방을 수선스럽게 휘젓고 다녔다. 리포터는 할머니가 심드렁한 표정으로 졸이는 팥을 먹어보고는 고향의 어머니가 가마솥으로 쑤어주시는 맛이에요. 비법이 뭐예요?라며 호들갑을 떨었다.

할머니는 리포터를 쳐다보지도 않고 인터넷에 나온 조리법대로 만들었다고 대꾸했다. 할머니의 대답은 편집되어 방송에 나오지 않았다. 그러게 잘 좀 대답해주지 그랬냐고 엄마는 잔소리를 했다. 할머니는 너만 새 출발 하면 불 앞에서 팥 쑤는 건 관두고 놀러 다닐 거라고 더 강력하게 응수했다. 엄마는 양손을 번쩍 들고 항복, 하고 선언했다.

아빠 승용은 프로야구 선수였다. 고교 시절에는 세계 청소년 야구 선수권대회에서 4번 타자 겸 팀의 주장으로 활약했다. 하지만 그 이후 이렇다 할 좋은 성적을 보여주지 못한 탓에 신인 드래프트에서 1차 지명을 받지 못했다. 대신 지방에 연고를 둔 2군에서 프로 생활을 시작했다. 컨디션 점검차 2군에 내려온 1군 선수에게 감독은 농담처럼 1군으로 돌아갈 때 방망이 좀 두고 가라고 했는데, 사실 그건 농담이 아니었다. 2군 생활은 선수가 직접 사야 하는 방망이 값을 걱정해야 할 정도로 고되고 어려웠다.

얼마 뒤 아빠는 운 좋게 1군에 합류해 열네 경기에 출장했다. 그리고 24타수 10안타 타율 0.471의 경기력을 보여주며 창창한 유망주의 등장을 알렸다. 맹타를 휘두르던 유망주는 가벼운 팔꿈치 부상으로 인해 2군으로 내려갔다. 재활을 마치고 다시 1군 훈련에 합류하는 날, 아빠는 자신의 방망이를 전부 챙겨서 동료에게 건넸다. 하지만 1군으로 돌아와서 번번이 수비 실수를 하거나 삼진 아웃을 당했다. 또다시 2군으로 내려갔다. 그리고 이번에는 싱글벙글 웃으면서 동료에게 방망이를 주고 1군으로 돌아오지 못했다.

다연은 아빠를 떠올리며 계속 턱걸이를 했다. 텔레비전에서 보는 야구는 정말 재미없어 보인다. 농구나 축구처럼 땀을 뻘뻘 흘리며 뛰어다니는 것도 아니고 그저 순서가 되면 타석에 서서 방망이를 휘두르면 된다. 그렇다가 운 좋게 안타를 치면 달리고, 수비를 할 때는 그냥 서 있다가 공이 오면 잡으면 된다. 아빠는 그 재미없어 보이는 경기를 위해 지방의 외진 구장에서 아무도 보지 않는 경기를 뛰었다. 게다가 2군 경기 시간은 더운 낮이다. 저녁에 경기를 할 수 있는 건 1군 선수들뿐이다.

야구와 육상은 아주 흡사하다. 아침부터 온종일 녹초가 될 때까지 운동장을 돌고 체육실에 남아서 웨이트 트레이닝을 하고 수없이 스타트를 연습하지만, 경기는 순식간에 끝나버리고 그 기록이 곧 모든 것이 된다. 다연은 너무 오랫동안 달려서 머리가 몽롱해지면 운동장에 누워 아빠를 생각했다. 평범한 이루수 땅볼을 완벽하게 처리하기 위해 몇만 번의 땅볼을 잡은 아빠. 하늘에 뜬 하얀 공을 보기 위해 수도 없이 고개를 들어 하늘을 올려다봤을 아빠. 하지만 그러고도 끝내 1군으로 돌아가지 못한 아빠.

아빠가 2군 동료에게 웃으며 방망이를 내줄 수 있었던 시절에 만나 아기까지 낳은 사람들이 이제 서류상으로 부부가 아니라는 이유로 만나지 않는다는 건 아무리 생각해도 이상하다. 정말로 서로가 어떻게 살든지 상관없는 건가. 하다못해 여자 셋이 사는 집에 방망이 같은 호신용품은 필요 없는지 궁금하지도 않은 건가. 두 사람은 이혼한 이후로 매달 승용이 보내는 양육비를 주고받는 일 외에는 어떤 연락도 하지 않았다. 엄마는 양육비가 들어오는 통장에는 관심도 없었다. 가끔 다연이 그걸 가지고 은행 자동화기기에 넣고 기계음을 들으며 통장정리를 해와도 모른 척했다. 일정 수준의 금액이 입금된 지는 고작 1년밖에 되지 않았다. 어떨 때는 만 원만 입금된 적도 있다. 혹시 돈이 잘못 들어왔나 싶어서 뒷자리부터 천천히 세 번이나 세어봤다.

셋이 사는 지금에 별 불만은 없다. 하지만 누군가 가까운 사람이 하나쯤은 더 있어도 좋을 것 같다. 두 달 전, 전국 체전 예선에서 넘어져 왼쪽 발목이 부러졌을 때 그런 생각이 들었다. 한 번 그런 생각이 들자 머리카락에 껌이 붙은 것처럼 좀처럼 떨어지지 않았다. 발목을 다친 것 자체는 괜찮았다. 몸은 쑥쑥 자라는 시기였고 갑작스러운 부상에도 별로 어려운 문제가 아니라는 듯 빠르게 회복되어 갔다. 문제는 완벽하게 부상이 나은 다음에 발생했다.

다연은 철봉을 놓고 한강공원의 초록색 트랙 위로 올라갔다. 어쩌면 오늘은 달릴 수 있을지 모른다. 몸 상태도 좋고 턱걸이도 평소보다 많이 했다. 아빠에 대해 너무 골똘히 생각한 것이 마음에 걸리지만 고개를 흔들어 생각을 털어냈다. 무엇보다 이곳은 평소에 가장 좋아하는 장소다. 한강공원의 그 누구도 두 달 전 발목 부상을 당한 열일곱 육상선수에게 신경 쓰지 않는다. 그러니 신경 쓸 것은 아무것도 없다. 다연은 먼저 오른발을 내디뎠다. 오른발이 가볍게 땅을 밀어냈다. 다음은 왼발 차례다.

'아주 쉬워. 아홉 살 때부터 하던 거니까.'

다연은 왼발에 빌다시피 했다. 하지만 다음 순간, 왼쪽 발목이 부러진 것처럼 타올랐다. 예리한 통증이 발끝에서부터 혓바닥까지 느껴졌다. 다연은 그날처럼 트랙 위로 또다시 꼬꾸라졌다.

♦♦♦

다연은 초콜릿 바를 들고 편의점 계산대로 향했다. 발목 통증은 이미 사라졌다. 이렇게 금세 사라질 통증이라는 게 거짓말 같다. 새벽부터 지금까지 잘 맞추고 있던 500피스짜리 퍼즐 완성을 코앞에 두고 발로 차버린 기분이다. 다연이 이런 생각에 빠져 있는 동안, 아르바이트생 해수가 초콜릿 바의 바코드를 찍었다.

“이 초콜릿 바, 원 플러스 원 행사 중이야.”

다연은 초콜릿 바를 하나 더 집어 들고 계산대로 가기 전에 냉장식품 진열대에서 핫바도 하나 꺼냈다. 그리고 계산이 끝난 초콜릿 바 하나를 해수에게 내밀었다.

“언니, 이거 드세요.”

다연은 거의 매일 아침 마주치는 해수를 기억했다. 오전부터 저녁까지 잠실대교 아래 편의점에서 일하는 아르바이트생 언니는 가을이면 도토리를 물고 온종일 둥지를 들락날락하는 다람쥐처럼 편의점 안팎을 오갔다. 주말이면 몰려드는 자전거 부대들이 남기고 가는 각종 음료와 라면 용기를 치우고, 평일 점심에는 칙칙한 표정의 직장인들에게 담배와 로또를 내줬다. 그런데 오늘따라 모아놓은 도토리를 도둑맞은 표정으로 바코드를 찍는 언니에게도 단 게 필요해 보였다.

“그래도 돼?”

“네, 언니 드세요.”

“고마워. 잘 먹을게.”

해수의 표정이 조금 부드러워졌다.

다연은 눈으로 굴러떨어지는 땀을 손등으로 훔치며 편의점을 나섰다.

다연은 벤치에 앉아 초콜릿 바를 베어 물었다. 이가 얼얼할 정도의 달콤함이 목구멍을 지나 온몸으로 뻗어 나갔다. 기분은 별로다. 그럴 때면 초콜릿이 더 달다. 다연은 초콜릿 바를 세 입 만에 먹어 치우고 핫바 껍질을 벗겼다.

"불닭구이 맛이네. 이런 말 하면 기분 상할지 모르겠지만 아침으로 먹기엔 좀 자극적이지 않아?"

다연은 한숨을 쉬고 핫바를 벤치 위에 내려놓았다. 다연에게 말을 건 것은 공원에 올 때마다 만나는 아저씨다. 서로 알고 지낸 지는 벌써 6개월이 지났다. 오늘처럼 운동을 마치고 간식을 사서 편의점 근처 벤치에 앉아 있으면 아저씨는 어떻게 알았는지 귀신같이 나타나서 다연의 간식비를 축냈다.

"그렇다고 해서 불닭구이 맛이 싫다는 건 아냐."

아저씨는 다연이 한 입도 먹지 않은 핫바를 빠른 속도로 먹기 시작했다. 아저씨의 꿈은 영화배우다. 좋아하는 감독의 차기작에 출연하는 것이 일생일대의 꿈이라나. 지금은 이 모양이 꼴로 살고 있지만 언젠가는 보란 듯이 자유롭게 훨훨 날아오를 거라는 희망 사항을 아저씨는 처음 만난 날 주절주절 늘어놓았다.

"근데 말이야, 인절미는 없어? 아침으로는 그게 더 나은데."

아저씨가 말하는 인절미란 할머니 팥빙수 가게에서 쓰는 인절미다. 딱 한 번 그걸 가져다준 다음부터 아저씨는 만날 때마다 언제 또 인절미를 먹을 수 있냐고 물었다.

"다음에요."

다연은 심드렁하게 대꾸했다.

"신경 좀 써줘. 이렇게 목 빠지게 기다리는 아저씨가 불쌍하지도 않니?"

"살 뺀다면서요. 다이어트는 하고 있어요?"

"……."

"맘대로 하세요. 꿈은 자유지만 지금 그 몸매로는 힘들다는 것만 알아두세요."

"자꾸 그렇게 스트레스 주면 먹을 게 더 당긴다고. 예를 들면…… 삼각김밥?"

해는 이미 완전히 떠올라 새벽의 기운은 한 조각도 남아 있지 않았다. 또 이렇게 새로운 하루가 시작되었다. 다연은 날아다니는 새들을 멍하니 보며 요란스러운 그 소리에 귀를 기울였다. 발목을 다친 날부터 오늘까지의 일들이 새로 개봉하는 영화의 하이라이트만 보여주는 예고편처럼 떠오른다. 가장 짜증 나고 열 받고 싫은 장면만 보여주다가 결말은 극장에서 확인하라며 끝인……. 내 결말은 뭘까. 난 어떻게 되는 걸까. 몸

곳곳을 힘차게 돌던 무엇인가가 가슴께에서 딱 멈춘 것 같다.

"어른들은 왜 항상 넌 어리다, 앞날이 창창하다고 말하는 거예요? 우리만 되게 큰 혜택을 받은 건 아니잖아요. 자기들도 전부 어렸을 때가 있었으면서."

"어른이 되면 금방 잊어버려. 그리고 그때는 어리다는 게 귀찮고 짜증 났을 뿐이었다는 걸 다들 잊지."

다연은 자리에서 일어나 땀으로 흥건히 젖은 반바지를 툭툭 털었다.

"그렇지만,"

아저씨는 마지막 남은 핫바를 꿀꺽 삼키고 말했다.

"예전보다 한가해진 건 좋지 않아? 자유시간이 많아졌잖아."

그건 그렇다. 예전에는 새벽 운동, 등교 후 오전 훈련, 점심 먹고 오후 훈련, 하교하는 친구들의 등을 보며 저녁까지 달리고 나면 하루가 끝났다. 하지만 지금은 내킬 때마다 한강에 올 뿐, 육상부 훈련에는 참여하지 않는다.

"그런 것치고는 표정이 그다지 밝지 않네?"

다연은 아저씨의 질문도 평가도 아닌 말에 대답하지 않았다.

"예전 같으면 버럭 화를 냈을 것 같은데, 역시 좀 달라졌군. 예기치 못한 부상 때문에 좀 성숙해진 건가?"

다연은 아저씨를 째려보며 다시 벤치에 앉았다.

"달라졌느니 안 달라졌느니 할 만큼 우리가 친한 건 아닌 것 같은데요?"

"으흠……."

아저씨는 괜한 소리를 했다는 듯 신음을 내며 다연을 힐끔거렸다.

"아저씨, 고장 난 엘리베이터에 탄 기분 알아요? 내가 여기 갇혔는지 아무도 몰라서 구하러 올 것 같지 않은 기분."

"난 그래 본 적은 없지만, 그렇다고 해서 넌 딱히 살려달라고 비상구조 버튼을 누르고 싶지도 않은 거지?"

"……."

비슷하다. 비상구조 버튼을 누른다 한들 뭐가 달라질까.

"혼자 그러고 있음, 무섭지 않을까?"

"혼자는 아니고 우리 아빠랑 둘이 탄 것 같아요. 근데 아빠는 어른이면서도 어떻게 해야 할지 모르고 우왕좌왕하는 거예요."

발목뼈는 아주 깨끗하게 부러졌고 또 깨끗하게 원래 모습대로 붙었다. 치료를 위해 한 달가량 쉬는 동안 키가 2cm나 자랐다. 엄마는 몸 하나는 정말 타고났다며 감탄하다가 입을 조개처럼 딱 다물었다. 엄마가 무슨 생각을 했는지는 뻔했다.

"게다가 모두 친절해요. 그게 제일 기분 나빠요."

"부상 때문에 마음을 잡지 못하고 방황하는 여고생의 심기를 건드리고 싶은 간 큰 사람은 없지."

"……사람 심리에 대해 아주 잘 아시네요."

"똥이 더러워서 피하지, 무서워서 피하는 건 아니잖아. 아, 이건 적절한 비유가 아닌가? 아무튼 예민하다 못해 폭발 직전인 여고생을 아무도 자극하고 싶어 하지 않는다고."

정말 그랬다. 육상에 관해 이야기할 때면 엄마는 상처에서 밴드를 떼어내듯 아주 신중하게 말했다. 그럴 때면 엄청 중요한 사람이 된 것 같은 묘한 기분이 들었다. 하지만 그건 그냥 '낙석주위' 경고가 붙어 있는 건물 근처를 지나갈 때 슬쩍 위를 올려다보면서 재빨리 지나가는 거랑 비슷했다. 그런 일이 반복될수록 피곤해졌다.

"아빠가 운동선수 출신이라며. 슬럼프를 어떻게 극복했는지 선배 스포츠인으로서 딸에게 조언해줄 수 있지 않을까?"

아빠는 한 달이 채 안 되는 기간 동안 1군과 2군을 번갈아 갔다 왔다. 그야말로 롤러코스터급 추락이었다. 맨 꼭대기에서부터 맹렬하게 땅을 향해 떨어지는. 그리고 은퇴했다.

"아빠를 찾아가긴 좀 그래요. 그리고 아빤 작년에 재혼했어요. 이제는 코치니까 또 이혼당하진 않겠죠."

"겁나도록 현실적인 여고생이구먼."

아빠가 서른 살에 은퇴한 후 2군 코치가 됐다는 사실은 스포츠 기사를 보고 알았다. 기사 말미에는 작년 초 결혼했다는 사실까지 쓰여 있었다. 조금만 기민하게 움직인다면 아빠를 만나는 게 어려운 일은 아니다. 하지만 다연은 엄마를 위해 의리를 지키는 쪽을 택했다. 게다가 이제 다른 아줌마와 가정을 꾸린 아빠를 만나는 건 지금까지 할머니와 함께 다연을 키운 엄마를 배신하는 일 같다. 그리고 무엇보다 지금부터 아빠에게 중요한 건 엄마와 다연이 아니라 그 아줌마다.

모녀가 이렇게나 이성적인 데 반해, 승용은 다연의 경기를 보기 위해 경기장에 몰래 찾아왔다. 주로 칙칙한 나무 뒤에 숨어서 경기를 보거나 그늘이 져서 트랙에서는 얼굴이 잘 보이지 않는 관중석 구석에서 경기를 봤다. 그 커다란 덩치가 설마 앙상한 나무로 숨겨질 거로 생각한 건가. 다연은 아빠를 보고도 모른 척했다. 그러다가 1년 전, 다연은 경기를 보고 정문도 아닌 뒷문으로 나가는 아빠의 야구점퍼를 잡아당겼다. 아빠는 화들짝 놀라면서도 씨익 웃었다.

"아빠는 눈치도 없이 내가 달리는 걸 보러왔어요. 누가 보면 어쩌려고 그러는지."

구구는 중얼거리듯 말했다.

"눈물겨운 부녀 상봉이었겠어."

"……."

눈물을 흘릴 뻔한 건 다연이 아니라 승용이었다. 아빠는 다연이 한국 육상 단거리 유망주로 소개된 기사를 읽었다고 했다. 그리고 육상연맹 홈페이지에 들어가 다연이 출전하는 경기 일정을 확인하고 휴대폰에 저장했다. 아빠는 너무 기뻐서 하마터면 이혼한 다음에 처음으로 엄마한테 연락할 뻔했다며 너스레를 떨었다.

"부친의 응원에 힘이 팍팍 났을 텐데 표정이 왜 그래? 설마 모친과 경기장에서 마주치기라도 한 거야?"

다연은 고개를 저었다.

"엄마는 경기장에 온 적 없어요."

"아, 그래?"

아빠가 경기장에 올 때마다 기분이 묘해졌다. 기분이라는 게 좋으면서 동시에 나쁠 수도 있다는 걸 그때 처음 알았다.

"물론…… 내가 원하면 엄마는 왔을 거예요."

그렇겠지? 살짝 자신이 없지만.

"병원에서 퇴근하면 휴대폰도 꺼놓고 자는 엄마를 굳이 깨워서 오라고 하는 건 불효 같아요. 이제 보호자가 경기마다 따라와야 하는 초등부나 중등부도 아니고요. 엄마는 엄마 일을 하고 나는 내 일을 하는 거죠."

"딸내미가 똘똘해서 모친께서 아주 자랑스러우시겠어. 그런데 불효까지 가는 건 좀 오버 아닐까? 물론 내 개인적인 의견일 뿐이야. 그렇게 째려보지 말고 그냥 무시해."

그런데 아이러니하게도 무능하다고 엄마에게 버림받은 아빠는 종종 경기장에 나타나 다연이 달리는 모습을 지켜보았다. 다연은 아빠가 보는 앞에서 대회 우승을 하고 메달을 목에 걸었다. 그러면 아빠는 자리에서 일어나 힘껏 박수를 치다가 사라지곤 했다.

어느 날 다연은 총총히 관중석에서 내려와 주차장으로 향하는 아빠를 따라갔다. 그리고 휴대폰으로 같이 셀카를 찍었다. 다음 시합 때 아빠는 의기양양한 표정으로 사진 한 장을 가지고 나타났다. 세 식구가 전부 나온 사진을 다연은 그날 처음 봤다. 그것도 휴대폰으로 찍었다. 그렇게 해서 총 아홉 장의 사진이 16자리 비밀번호가 걸린 휴대폰 폴더 안에 저장되어 있다.

"아빠가 조금만 더 열심히 했으면 엄마랑 같이 내가 달리는 걸 보러 올 수 있었을 텐데. 아빠가 1군의 제일 꼴찌로라도 붙어만 있었으면 엄마도 아빠를 포기하지 않았을 거예요."

"음……."

아저씨가 벤치에 앉은 다연의 앞을 천천히 오갔다. 뭔가 할 말이 있는 눈치였다.

"잠실야구장에서 수없이 많은 경기를 직관해온 입장에서 말하자면, 야구에서 가장 중요한 덕목은 한 이닝을 재미없게 막는 거야. 세 타자가 모두 초구 땅볼을 쳐서 삼자범퇴. 이게 가장 좋아. 근데 이러면 애써 직관을 하러 온 입장에서는 재미가 없지. 근데 재미가 없어도 할 수 없어. 절대로 실수가 없도록 재미없게 잡는 거야. 그래야 이기거든."

아빠를 생각하면 항상 알 듯 말 듯 한 억울한 기분이 들었다. 그게 뭘까. 아무리 곰곰이 생각해도 해가 뜨면 말끔히 걷히는 새벽안개처럼 사라져버렸다. 그런데 아저씨 이야기를 들으니 그게 뭐였는지 어렴풋이 알 것 같다.

"높이 날아오는 플라이 볼을 한 번 잡아봐. 의외로 힘들걸? 아무리 운동 신경이 좋은 '전직' 육상부라고 해도 말이야."

다연은 일부러 '전직'에 힘을 준 아저씨를 째려보았다.

"안 보이는 곳에서 열심히 하는 건 힘들어. 사람들은 과정 따윈 알아주지 않는다고. 하지만 보이는 게 다가 아니야. 네 발목을 두고 의사들은 완벽하게 나았다고 했겠지만 실상은 그게 아닌 것처럼."

발목뼈가 부러진 날의 컨디션은 최상이었다. 예선 경기 시작은 오전 11시였지만 운동장에는 9시에 모였다. 육상부가 모두 모여 몸을 데우기 위한 스트레칭과 러닝을 했다. 몸은 날아갈 듯이 가벼웠다. 그런데도 트랙에서 꼬꾸라졌다. 달리기를 처음 시작한 초보처럼 어처구니없게. 이제 와서 엄마가 아빠를 어떻게 생각하는지 물어볼 생각은 없지만, 그래도 궁금은 하다. 혹시라도 아빠가 남들보다 열심히 하지 않아서 선수 생활 대부분의 시간을 2군에서 보내고 결국 등 떠밀리듯 은퇴했다고 생각할까 봐 신경 쓰인다.

8월의 햇살이 아침부터 기세 좋게 타올랐다. 다연은 벤치에서 일어났다.

"가려고?"

"학교 가야 해요. 다음에는 인절미 가져올게요."

"응. 가능하면 많이."

그래서는 배우가 될 수 없다니까요. 하지만 생각만 하고 말하진 않았다. 대신 손을 흔들었다. 아침 내내 한강공원 벤치에 앉아 함께 수다를 떨어준 '비둘기' 아저씨 구구에게. 바이바이.

"어른들은 왜 항상 넌 어리다, 앞날이 창창하다고 말하는 거예요? 우리만 되게 큰 혜택을 받은 건 아니잖아요. 자기들도 전부 어렸을 때가 있었으면서."

"어른이 되면 금방 잊어버려. 그리고 그때는 어리다는 게 귀찮고 짜증 났을 뿐이었다는 걸 다들 잊지."

2

나의 '비둘기' 아저씨

6개월 전, 2월의 어느 지겹도록 추운 날 구구를 만났다. '만났다'라는 표현이 정확한지는 모르겠다. 그렇다고 비둘기에게 '간택을 당했다'라고 말하는 건 인간으로서 조금 자존심이 상하는 것 같고, 그냥 서로를 알아봤다 정도로 표현하는 게 맞는 것 같다. 아무튼 그날도 얼어붙을 듯 추운 날이었다. 연일 기자들이 꽝꽝 언 한강 위에서 그날 뉴스에 나갈 영상을 찍었다. 한강도 얼고 그 위의 잠실대교도 얼고 하늘에 떠 있는 동그란 달조차 얼음이 아닐까 싶은 날이었다. 학교 운동장도 얼어붙어 육상부가 종일 그 위를 달렸는데도 모래가 뒤섞인 얼음은 끝내 녹지 않았다. 그 바람에 달릴 때마다 몸의 무게가 무릎에 고스란히 전해졌다. 다들 구름처럼 커다란 숨을 번갈아 토해 가며 저녁 7시까지 모두가 하교한 텅 빈 운동장을 돌았다.

다연은 훈련을 마치고 집으로 가는 대신 한강으로 향했다. 그리고 공원에 있는 편의점에서 컵라면과 핫바를 샀다. 저녁 먹기 전에 이 정도는 기본이다. 게다가 추울 때 찬바람 맞으면서 밖에서 먹는 라면 맛은 끝내주니까.

"핫바 한 입만."

다연은 편의점 전자레인지에 돌려 김이 모락모락 나는 핫바를 입에 넣으려다가 멈췄다. 어디선가 말소리가 들린 것 같은데……. 추위에 겁을 상실한 비둘기 한 마리만이 다연이 앉아 있는 벤치 근처에서 왔다 갔다 할 뿐, 영하 15도의 한강 벤치에 앉아 컵라면을 먹는 용감한 시민은 다연 하나였다.

"하고 많은 핫바 중에 '화끈한 당신의 투혼을 위하여'라고 적힌 불닭구이 맛을 선택하다니, 인생을 아는 여고생이구먼."

아무리 생각해도 저 비둘기가 유창한 우리말로 핫바를 구걸하는 것 같은데 그럴 리가. 너무 추운 날 너무 열심히 운동장을 돌아서 잠깐 머리가 어떻게 된 건가. 다연은 마음을 다잡고 매콤한 냄새를 솔솔 풍기는 핫바를 입에 넣었다. 나트륨의 짭조름한 맛이 입안에 퍼졌다. 그런데 앞뒤로 머리를 까닥까닥

하며 운동화 바로 앞까지 온 비둘기가 또다시 말했다.

"한 입만."

다연과 구구는 그렇게 서로를 발견했다.

"나 진짜 미쳤나 봐."

혹시 난 지금 동상에 걸려서 생명이 위태로운 응급 상황인 건가. 명색이 엄마가 응급실 간호사인데 여기서 이렇게 죽을 수는 없다. 다연이 그런 생각을 하고 있는데, 구구는 묻지도 않은 말을 열심히 하기 시작했다. 수년간 잠실 언저리에서 살아왔지만 자신의 말을 알아들은 것이 고작 열일곱 살 먹은 소녀라는 것에 대해 구구는 좀 과할 정도로 감격해했다. 다연은 묻지도 않은 말을 하는 비둘기를 내려다보았다. 구구는 경계심과 의문 부호가 다닥다닥 붙어 있는 다연의 얼굴을 까만 눈동자로 응시했다. 그리고 기분 나쁠 정도로 진지한 말투로 말했다.

"인간들은 우릴 싫어하지만, 우린 인간들과 수준 높은 대화가 가능한 엄연한 서울 시민이야. 물론 그걸 알아듣는 바로 너 같은 꽤 운 좋은 인간 한정이지만. 원한다면 다년간 대통령 후보자 벽보를 읽어온 입장에서 다음 대선에서 당선이 되고 싶다면 포스터는 이렇게 만들라고 조언해줄 수도 있어."

그걸 비둘기가 알아서 뭘 할까. 그리고 그걸 여고생이 알아서 뭘 할까. 설령 그 말이 맞는다고 한들 어른들이 비둘기 의견에 관심이나 둘까. 다연은 주위를 한 번 둘러보았다. 그리고 슬그머니 땅바닥에 핫바를 내려놓았다. 비둘기는 운동장 열 바퀴를 뛴 육상부 선수와 같은 기세로 핫바를 먹어치우기 시작했다.

구구는 잠실종합운동장과 한강공원이 보이는 잠실대교에 사는 수많은 비둘기 중 하나였다. 그리고 그의 조상은 놀랍게도 1988년 서울올림픽에 맞춰 한국으로 건너온 흰색의 '홍콩' 비둘기였다. 다연이 놀란 포인트는 구구의 조상님들이 흰 비둘기라는 점이었다. 한강공원 주황색 가로등 불빛에 비친 구구는 더러운 회색이었다. 더 인내심을 가지고 묘사해보자면 그냥 회색이라기보다 보랏빛을 띤 회색이었고, 목 부분은 빛의 각도에 따라 진보랏빛이기도 하고 진초록빛이기도 했다. 그렇다고 해도 더럽다는 기본 전제는 달라지지 않았다. 구구는 이 점에 대해 세월이 이미 30년이나 흘렀으니까, 하는 말로 대충 얼버무렸다.

홍콩에서 건너온 흰 비둘기 대부분은 서울올림픽 개막식 날 성화대에 앉아 있다가 화염에 휩싸여 바비큐가 되어 죽었다. 불지옥과도 같은 그곳에서 살아남은 몇몇 비둘기들은 다시는 한국 하늘에서 날지 않겠다고 다짐하며 홍콩으로 돌아갔다. 그리고 1989년 오우삼 감독의 영화 〈첩혈쌍웅〉에 출연해 지옥에서 살아 돌아온 비둘기의 위대한 생존력을 과시했다. 물론 전부 홍콩으로 돌아간 건 아니었다. 한강에는 비둘기가 살기 좋은 훌륭한 다리가 여러 개 있었고, 구구는 바로 한국 땅에 정착한 비둘기의 후손이었다.

구구를 만난 다음 날, 다연은 다시 한강공원의 그 벤치를 찾았다. 오늘은 어제보다 더 추웠다. 다연은 주머니 속 핫팩을 꼬옥 쥐고 벤치에 앉았다. 혹시 너무 추워서 정신이 잠깐 어떻게 된 걸지도 몰라. 열일곱 살은 한창 감수성이 예민한 나이고, 게다가 요즘 기록이 좋지 않아서 스트레스로 반쯤 미쳐 있는 상태니까. 그런 생각을 하고 있는데, 구구가 친구를 데리고 나타났다. 구구는 인간과 비둘기가 오랜 애증의 세월 끝에 드디어 평화의 시대를 맞이했다며 호들갑을 떨었다. 구구는 친구에게 다연을 앞으로 좋은 어른이 될 가능성이 상당히 농후한 여고생이라고 소개했다.

"그럼 데려가서 키워달라고 해."

새로운 비둘기가 말했다.

"으흠."

구구는 낮은 신음을 내며 겸연쩍은 듯 살찐 목덜미를 흔들었다.

"이 친구는 프린스야. 마술사의 비둘기였지."

다연은 단박에 마술사와 비둘기 콤비를 떠올렸다. 원기둥처럼 생긴 검은 모자를 쓰고 흰 장갑을 낀 채 눈처럼 흰 비둘기를 손에 올려놓은 마술사.

"근데 왜 마술사의 흰 비둘기가 잠실대교에 사는 회색 비둘기와 어울려 다녀요?"

"유튜브 때문이야."

프린스는 침묵으로 일관했지만, 구구는 자기가 미쳤는지 확인하러 다시 나타난 다연에게 신이 나서 떠들어댔다.

"유튜브요?"

"유튜브에 마술 트릭이 전부 밝혀진 이 친구 파트너가 나자빠졌거든. 너희들이 좋아하는 말로 하자면 멘붕."

"아……."

"잘나갈 때는 미국이랑 일본에서 공연도 했다지만 다 옛날 얘기지, 뭐. 지금은 프리랜서야. 자유의 몸이지. 혹시 내가 부담스러우면 이 친구는 데려가도 괜찮아. 굉장히 깔끔한 성격이라 별로 손이 가진 않을 거야."

"집어치워."

프린스는 구구의 목덜미를 힘껏 쪼았다. 하지만 털과 살에 파묻힌 구구는 아무런 타격을 입지 않은 듯 멀쩡했다.

"그런데 오늘은 빈손이야?"

구구는 다연이 앉아 있는 벤치 위로 힘겹게 뛰어올랐다. 뒤이어 프린스도 가볍게 날아 벤치에 앉았다. 비둘기가 이렇게나 가까이 다가온 건 처음이다. 다연은 아주 살짝 몸을 움직여 옆으로 이동했다. 그리고 주머니에 있던 핫팩을 꺼냈다. 먹을 게 아니라서 구구는 눈에 띄게 실망한 눈치였다.

"……뭐 좋아하세요?"

"피자, 라면, 어묵, 핫바, 삼각김밥."

구구는 단숨에 메뉴 5개를 쏟아냈다.

"아……."

입에서는 어쩐지 아, 소리 밖에 나오지 않는다.

"일단 그거라도 여기 놔봐."

다연은 구구의 말대로 핫팩을 벤치 위에 올려놓았다. 구구와 프린스는 냉큼 핫팩을 깔고 앉았다. 다연은 핫팩을 온수 매트인 양 깔고 앉아서 엉덩이를 지지는 두 비둘기를 자세히 살펴보았다. 자세히 보고 자시고 할 것도 없이 흔히 볼 수 있는 비둘기였다. 다만 하나는 기름이 잘잘 흐르는 회색빛 몸뚱이를 한 비둘기고, 다른 하나는 윤기 없는 흰색 털을 가진 말라

빠진 비둘기일 뿐. 다연은 집에 있는 연보라색 꼭지가 달린 크림색 바디워시를 떠올렸다. 바디워시 통에 그려진 귀여운 비둘기와 핫팩을 깔고 앉아 먹을 게 없다며 투덜거리는 지저분한 비둘기 사이의 괴리감에 치를 떨고 있는 다연에게 구구가 물었다.

"휴대폰 좀 볼 수 있을까? 확인해보고 싶은 게 하나 있는데."

당당하게 휴대폰을 요구하는 비둘기를 보고도 이상하게 어제만큼 당황스럽지 않았다. 어제와 마찬가지로 한강공원에는 칼바람이 불고 대부분의 날이 그랬듯이 이 날씨에 벤치에 앉아 있는 건 다연뿐이었다. 하지만 오늘은 말 많은 비둘기와 함께 있다.

"'오우삼 첩혈쌍웅 3편'이라고 검색해봐. 제일 위에 뜨는 기사를 보면 돼."

구구는 숫제 다연의 허벅지 위에 올라가 휴대폰 액정화면 위로 탁구공만 한 얼굴을 들이밀었다. 다연은 화들짝 놀라 몸을 움직이려다가 비둘기가 턱밑에서 푸드덕거리는 것보다는 얌전히 앉아 있는 게 낫다는 생각에 허벅지를 모았다. 허벅지 위로 콜라 캔 하나 정도의 무게가 느껴졌다. 휴대폰에 할머니가 보낸 메시지가 떴다.

[우리 강아지~ 어디냐~ 저녁 먹어야지~♡]

"저기……."

"괜찮아. 읽어줄 필요는 없어."

구구는 한 연예기사를 빠른 속도로 읽기 시작했다.

"'홍콩 누아르의 전설 오우삼 감독이 1989년 작 〈첩혈쌍웅〉의 3편을 제작하겠다고 밝혔다. 지난 26일 미국 영화 매체 콜라이드에 따르면, 오우삼 감독은 조만간 〈첩혈쌍웅 3〉의 메가폰을 직접 잡을 계획이다. 오우삼 감독은 〈첩혈쌍웅〉을 다시 한번 만들어 홍콩 영화의 위상을 세계에 떨칠 것이라는 포부를 밝혔다. 가장 먼저 주윤발이 출연을 확정 지었고, 그 외 주요 배역 캐스팅을 위한 오디션이 8월 말경 진행될 예정이다.' 여기까지 읽다가 페트병으로 얻어맞았어. 오디션 날짜를 읽었어야 했는데."

구구는 누군가 편의점 야외 테이블에 놓고 간 휴대폰으로 이 기사를 읽었다. 헐레벌떡 돌아온 휴대폰 주인은 자신의 최신형 스마트폰 위에 떡 하니 앉아 있는 비둘기를 향해 손에 들고 있던 빈 이온음료 통을 오버핸드로 집어 던졌다. 구구는 그 날 다 읽지 못한 기사를, 특히 오디션이 8월 24일 일요일 낮 12시에 모처에서 진행된다는 아주 중요한 사실을 오늘에야 확인했다.

"'특히 3편에서는 1편의 성당 총격 장면이 더욱 큰 스케일로 재현될 예정이다. 여기에 오우삼 감독 영화의 트레이드마크라고 할 수 있는 비둘기가 1편과 마찬가지로 등장할 것으로 전해졌다. 이 장면을 위해 잘 훈련된 비둘기를 대거 동원할 예정임을 추가로 밝혔다.' 바로 이거야!"

구구는 갑자기 벤치에서 폴짝 뛰어내리더니 근처 농구장을 향해 날개를 푸드덕거리며 약 10m가량 날았다. 그리고 숨이 끊어질 듯 헐떡이며 다시 벤치를 향해 걷기 시작했다. 걷는 중간중간 바닥을 쪼는 것도 잊지 않았다.

다연은 싸늘한 눈빛으로 구구를 응시하는 프린스에게 말을 걸었다.

"뭐 하나 물어봐도 돼요?"

"얼마든지."

"비둘기는 왜 아스팔트 바닥을 쪼는 거예요? 제가 보기엔 아무것도 먹을 게 없는데."

"습관이야. 습관이란 게 무서운 거지. 인간들도 습관적으로 웃고 습관적으로 욕하잖아."

"……."

그 사이 구구가 부지런히 목덜미를 놀리며 벤치 앞까지 다가왔다. 또다시 휴대폰에서 메시지가 도착했다는 알림음이 울렸다.

"오오, 남친?"

"아뇨."

"그럼 엄마?"

"아뇨."

"그럼 아빠?"

"아뇨, 할머니예요. 저녁 먹어야 하니까 집에 빨리 오라고."

"할머니랑 둘이 살아?"

"아뇨."

"그럼 엄마 아빠 할머니랑 살아?"

"아뇨."

대화는 좀처럼 앞으로 나아가지 못했다. 굳이 비둘기에게 이혼한 엄마 그리고 외할머니와 살고 있다고 자세히 말할 필요가 있을까. 프린스가 한숨을 푹 쉬고 핫팩에서 엉덩이를 뗐다. 그러고는 잠실대교를 향해 날아갔다. 비둘기는 날아가버리면 끝이다. 그런 생각이 들자 구구가 더 묻지 않았는데도 말이 술술 나왔다.

"엄마랑 아빠는 내가 아기였을 때 이혼했어요. 아빠가 2군 야구선수라서 돈을 잘 못 벌었거든요."

"뭐, 나야 자세한 사정은 모르지만 꼭 돈 때문에 이혼한 건 아닐 거야. 남녀관계는 꽤 복잡하거든. 밖에서 보는 사람들은 알 수 없는 것들이 둘 사이에 묵은 빨래처럼 꽉꽉 들어차 있지. 그걸 전부 알기 전까지는 누구도 이러쿵저러쿵할 수 없다고 봐."

비둘기들에게 핫팩을 양보한 탓에 손가락이 떨어져 나갈 듯 시리고 발가락은 꽝꽝 얼어붙었다. 집에 가면 할머니가 켜놓은 온수 매트가 깔려 있고 저녁 준비하는 동안 먹으라고 쪄놓은 고구마에 귤도 있을 텐데. 하지만 아직 집에 가고 싶은 마음이 들지 않았다.

"씩씩해 보이지만 어쨌거나 사는 게 조금 피곤하겠네. 인간들은 짝 없는 인간들을 가만두지 못하는 병에 걸렸잖아. 하지만 조금 피곤한 정도일 거야. 소녀는 씩씩할 테니까."

구구는 다연이 얼어 죽거나 말거나 눈치 없이 계속 대화를 이어갔다. 다른 집에 비해 가족 구성원 하나가 적다는 것이 여러모로 최악은 아니었다. 그만큼 잔소리도 적고, 싸움도 적고, 슬픔도 적다. 다연이 찾은 우리 집의 장점은 그 정도다. 물론 엄마도 그렇게 생각할지는 미지수다. 혹시 이제는 구성원을 늘리고 싶을지도 모른다. 아빠도 내내 혼자 살다가 구성원을 늘리는 쪽을 택했으니까.

"가족이란 알고 보면 아무것도 아니야. 여름이면 인간들은 휴가 가기 전에 집에서 기르던 개를 버리잖아. 해마다 그런 식으로 가족에게 버림받는 개가 일 년에 7천 마리가 넘는다는 기사를 읽었어. 인간들은 여름휴가를 보낼 생각에 8월을 기다리지만 개들한테는 죽음의 달이지, 뭐야."

구구는 수다스럽다. 게다가 눈을 감고 들으면 정말로 비둘기가 아니라 40대 아저씨랑 대화하고 있는 것 같다. 하지만 구구의 수다를 듣는 동안 요즘 마음을 무겁게 했던 일들이 바람에 눈발이 날리듯 날아갔다. 실제로 한강에 눈이 내리기 시작했다. 쌀가루 같은 보슬보슬한 눈이 다연의 눈꺼풀 위로 떨어졌다. 눈가루는 공룡처럼 잠들어 있는 한강 변 고층 건물들을 향해 바람에 실려 날아갔다.

"신기해요."

"그럴 만하지. 이런 통찰력을 가진 비둘기는 처음일 테니까."

"아뇨, 그게 아니라……."

구구가 통통한 어깨를 축 늘어뜨렸다.

"아뇨, 그건 맞아요. 처음이에요, 이런 비둘기는."

금세 기분이 나아졌는지 구구가 어깨를 우쭐거렸다. 정말 다루기 쉬운 아저씨다.

"말하고 나니까 별일 아닌 것 같아서요. 엄마랑 아빠가 이혼한 것도, 엄마랑 외할머니랑 셋이 사는 것도."

"다행이네. 어떤 문제는 일단 입 밖에 내고 나면 별게 아닌

법이거든."

"그러게요."

"그렇지만 말이야……"

구구는 이미 다 식은 핫팩을 부여잡고 말했다.

"다음엔 꼭 핫바를 먹을 수 있게 해줬으면 해."

다연은 그 애절함에 홀려 얼떨결에 고개를 주억거렸다. 하지만 그때까지만 해도 설마 구구를 또 만나게 될까 생각했다. 설마하니 볼 때마다 여고생의 간식을 뺏어 먹는 식탐 많은 아저씨, 아니 비둘기를 또 만나게 될 줄은.

♦ ♦ ♦

오늘 아침도 잡초를 뽑는 것으로 시작했다. 오전 8시밖에 되지 않았는데 온도계는 벌써 30도를 가볍게 돌파했다. 이런 날 잡초를 뽑게 하다니 청소년 인권침해 아닌가. 다연은 운동장 한쪽 거대한 맘모스빵처럼 생긴 화단에 자리를 잡았다. 화단에는 관찰용으로 심은 상추와 고추, 깻잎이 자라는 중이었고, 그 모든 것들을 합친 것보다 족히 10배는 많은 잡초들 또한 자라고 있었다. 교복 치마가 아닌 체육복 바지를 입고 등교한 다연을 비롯해 새빨간 틴트를 바르고 교문을 통과하다가 걸린 몇몇 무리는 지난주부터 상추와 깻잎 사이에 난 잡초를 뽑았다. 아침부터 푹푹 찌지만, 수업 시작 전까지 교실에 멍하니 앉아 있는 것보다는 차라리 이게 나았다. 다연은 잡초 한 움큼을 움켜쥐었다.

운동장에서 피어오른 먼지가 맘모스빵까지 날아왔다. 다연은 고개를 들고 운동장을 바라보았다. 육상부원들이 뙤약볕 아래에서 달리는 중이었다. 3학년 주장이 헐떡이며 피니시라인으로 들어오는 주자들에게 차례로 기록을 불러주었다.

"무릎이 높아. 어깨에 힘이 들어가 있어."

다연은 잡초를 들고 중얼거렸다. 잡초를 뽑는 와중에도 틈틈이 틴트를 덧바르던 틴트족들이 힐끔거리며 돌아봤지만, 다연은 운동장에 시선을 고정했다. 그리고 밭 전체를 없애버릴 기세로 상추와 잡초를 마구 뽑았다. 쟤들보다 내가 더 잘 뛰어. 내 기록이 더 좋아. 내가 더 세계신기록에 가까워. 다들 알고 있어? 아, 이 시들시들한 풀떼기들을 전부 입에 넣고 마구 씹어버리고 싶다.

"도대체 뭐가 문제야?"

"……."

다연은 담임의 호리호리한 등을 바라보았다. 50대 후반인 담임에게서는 할머니 빙수 가게 '드림캐처'를 찾는 할아버지들 한테서 나는 냄새가 났다. 끼이이이익. 담임이 의자를 돌리자 오래된 철제의자가 비명을 질렀다. 담임은 땡볕에서 잡초를 뽑느라 얼굴이 벌게진 다연을 세워놓고 잔소리를 시작했다. 다연은 고개를 숙이고 할머니가 만들어 내주는 팥빙수를 생각했다. 피할 수 없다면 팥빙수로 도망치자.

"교복이 그렇게 입기 싫으면 육상을 계속해. 재활도 끝났고, 부상도 다 나았잖아."

담임은 철제의자 등받이에 몸을 기대고 체육복 바지 위에 교복 치마를 대충 걸친 다연을 보며 미간을 찌푸렸다. 어차피 이야기가 흘러갈 방향은 정해져 있었다. 다연은 계속 팥빙수만 생각했다.

"아니면 얼른 마음잡고 공부 시작해. 지금도 한참 늦었어."

담임은 숫자가 다 지워진 투명한 플라스틱 자로 다연의 긴 팔을 톡톡 쳤다. 고작 플라스틱 자 때문에 팔이 아플 리 없지만 마음 한구석이 묘하다. 마음을 수건처럼 비틀어 꽉 쥔 것 같다. 팥빙수를 밀어내고 갑자기 얼마 전에 인터넷 뉴스에서 본 명왕성이 떠올랐다. 2006년 8월, 학자들은 명왕성을 행성 지위에서 박탈했다. 그리고 왜소행성 134340이라는 성의 없는 번호를 부여했다. 명왕성이 궤도 가까이에 있는 얼음덩어리와 미행성체를 끌어들일 만큼 충분한 중력을 가지지 못하기 때문이라나. 자기들이 만든 기준에 미치지 못한다고 이름을 빼앗다니 정말 치사하다. 담임 앞에 서 있는 지금, 가만히 잘 살고 있다가 이름을 뺏긴 명왕성의 기분을 조금은 알 것 같다. 익숙해질 시간이 필요하다. 교복 치마를 입을지 체육복을 입을지 아직 결정하지 못했다. 아빠에게도 시간이 필요했을 것이다. 아마 충분히 주어지지 않았겠지만.

"체육복을 입고 등교할 수 있는 건 운동부뿐이야. 다시 운동을 하든지 공부를 하든지 정해."

"……국가인권위원회에 신고할 거예요."

끌끌. 다연의 말에 담임은 혀를 찼다.

"인터넷이 애들 다 베려놨다니까."

다연은 교무실을 빠져나와 곧 1교시 수업이 시작되는 교실로 향했다. 오늘 전학 온 전학생처럼 학교가 낯설다. 교실이 낯설고 반 친구들이 낯설고 의자에 앉아 6교시까지 수업을 듣는 게 낯설다. 특히 앉아 있는 게 달리는 것보다 더 힘든 일인지 예전에는 미처 몰랐다. 친구들은 어떻게 온종일 앉아 있는 걸까. 조금만 더 이렇게 지냈다가는 정말로 학교를 싫어하게 될 것 같다. 좀 더 솔직하게 말하자면 세상 모든 게 다 싫어질 것 같다.

부러진 왼쪽 발목뼈도 붙었고 재활도 끝났지만, 육상부 훈련에 참가하지 않기 때문에 온종일 교실에 앉아 있는 것 말고 별다른 대안이 없었다. 어차피 수업 진도를 갑자기 따라잡을 수는 없으니 며칠 동안은 종일 멍을 때렸다. 이왕 이렇게 된 거 느긋하게 이런저런 생각을 하고 싶었지만, 단거리 선수에게 느긋하게라니. 그건 홈쇼핑 쇼핑 호스트한테 1시간 동안 입을 다물고 있으라는 말과 똑같다. 수업을 듣고 있으면 분명 우리말인데 하나도 이해되지 않았다. 수업을 거부하는 범인이 뇌인지 귀인지 모르겠다. 그나마 외국 육상 경기를 유튜브에서 자주 본 덕에 영어는 대충 알아들을 수 있었다. 그렇게 며칠을 보내자 사람이 이유 없이 갑자기 열을 받을 수 있다는 사실을 알게 되었다. 운동장에서는 넘쳐흐르던 자신감이 교실에서는 발휘되지 않았다. 교복 치마를 입고는 당당할 수가 없다. 다리를 쩍 벌리지도 못한다. 자신감은 데오도란트의 습격에 맥없이 사라진 땀 냄새처럼 자취를 감췄다.

하지만 이런 건 얼마든지 참을 수 있다. 정말 참기 어려운 건 친구들의 대화에 낄 수 없다는 것이다. 옆자리 유리는 졸업하면 연예계에 뛰어들어 좋아하는 아이돌의 매니저가 될 거라고 했다. 왜냐는 질문에 유리는 그러면 온종일 같이 있을 수 있잖아, 하고 당연한 걸 묻는다는 듯이 대꾸했다. 그 말을 듣고 다들 고개를 세차게 끄덕였다. 다연은 아이돌과 온종일 같이 있으면 도대체 뭐가 좋은지 생각하다가 고개를 끄덕일 타이밍을 놓쳐버렸다. 어정쩡하게 고개를 끄덕이느니 그런 시시한 상상을 대체 왜 하는 거야, 하고 유리에게 한 마디하고 싶었지만, 그런 시시한 상상도 해본 적이 없다는 게 솔직히 더 부끄러웠다. 목부터 가슴까지 찐득한 인절미가 걸려 꽉 막힌 것 같다.

♦ ♦ ♦

"내년이면 다 잊어버릴 거야."

으응, 하고 다연은 주방에 있는 할머니를 향해 대충 대꾸했다. 오후의 '드림캐처'는 몹시 조용했다. 들릴 듯 말 듯 음량을 아주 낮게 줄여놓은 텔레비전에서 토마토만큼 붉게 익은 얼굴로 토마토를 따고 있는 농부를 인터뷰하는 장면이 흘러나왔다. 다연은 테이블 위에 놓인 잡지와 일본어 회화책을 뒤적거렸다. 창가 쪽 테이블에 앉은 노부부는 팥빙수 하나를 사이에 두고 서로 더 먹으라며 작은 실랑이 중이었다. 문 옆에는 두 분이 시장에서 산 것 같은 농구공만 한 수박이 버티고 있다.

다연은 주방에서 나는 달그락 소리에 귀를 기울였다. 다연이 싫어하는 팥은 빼고 과일과 인절미를 올린 다음 연유와 초코 시럽을 뿌린 빙수를 만드는 소리. 입안 가득 침이 고였다.

"네 나이 때는 그런 것쯤은 금방 잊어버려. 떡집 손녀도 연예인 시켜달라고 그렇게 지 에미를 조르더니 지금은 메이크업 아티스트가 된다더라. 아니, 연예인을 해도 우리 강아지가 해야지. 키도 더 크고 얼굴도 더 이쁜데. 안 그러냐?"

할머니가 주방에서 고개를 쑥 빼고 말했다.

"배고프지?"

"아니, 별로."

실은 급식을 건너뛰었더니 배가 엄청 고프다. 다연은 학교를 마치고 드림캐처로 왔다. 달리 갈 데가 없다. 친구들은 학원에 가거나 과외 시간에 맞춰 집으로 향했다. 나만 붕 뜬 상태다. 그렇다고 텅 빈 집에 혼자 있는 건 싫다. 엄마도 할머니도 모두 할 일이 있어서 바쁜데 제일 어린 나만 할 일 없다는 게 짜증 난다. 엄마는 갑자기 시간이 늘어난 다연에게 어른들은 그럴 때 돈을 쓰면서 기분을 푼다며 용돈을 올려줬다.

"저녁은 뭐 해주랴."

할머니가 테이블에 빙수를 올렸다.

"몰라."

할머니는 다연의 이마를 짚었다.

"열은 없네."

할머니는 다연이 먹을 것에 대해 시큰둥하게 반응하면 이마부터 짚었다.

드림캐처에 오기 전 다연은 옷가게에 들렀다. 친구들 중 한 명이 거기서 엄청 예쁜 테니스 스커트를 샀다고 했다. 스커트는 가게 바깥에 걸려 있었다. 딸기우유색 스커트는 들은 것보다 훨씬 더 귀여웠다.

"그거 요즘 제일 잘 나가는 거야. 입어볼래?"

기척도 없이 다가온 아르바이트생이 옷걸이에서 치마를 빼서 다연에게 내밀었다. 그러고는 "탈의실은 저기"라며 옷가게 구석을 가리켰다. 왠지 싫다고 하면 아르바이트생이 실망할 것 같아 다연은 스커트를 들고 탈의실로 들어갔다. 다행히 탈의실 안에 거울이 있어서 남자애가 여장한 것 같은 장딴지를 아르바이트생에게 보여줄 일은 없었다.

다연은 연거푸 빙수를 입안으로 떠 넣었다. 아까 있었던 일을 생각하니 누가 본 것도 아닌데 얼굴이 따끔따끔하다. 그 사이 팥빙수를 깨끗하게 비운 노부부는 수박을 들고 아직도 기세등등한 오후의 햇빛 속으로 사라졌다. 할머니는 테이블 위의 일본어 회화책을 가방에 넣었다.

"1시간만 가게 보고 있어."

할머니는 근처 평생교육원에서 일본어 회화 수업을 수강 중이다. 어떻게 알았는지 일본인 관광객들이 작년부터 가끔 오기 때문인데, 아마도 누군가 SNS에 드림캐처에서 파는 팥빙수와 단팥죽을 올린 것 같다. 할머니는 외국 사람이 이 작은 가게에 고작 팥빙수를 먹으러 왔다는 사실에 놀랐지만 곧바로 일본어 강좌를 등록하는 추진력을 발휘했다.

"저녁에 고기 구워줄 테니까 잔뜩 먹고 푹 자. 그럼 다 잊어버릴 거야."

또 그 소리. 할머니는 어째서 똑같은 이야기만 하는 걸까. 속상한 일이 있다고 하면 그저 밥을 먹고 어서 자라고만 한다. 한잠 푹 자고 나면 다 잊어버릴 거라고. 할머니들의 걱정은 그렇게 쉽게 금방 잊어버릴 수 있는 것들뿐인 건지, 아니면 대체로 많은 걱정거리는 그저 그렇게 넘기는 것이 현명한 것인지 알 수가 없다.

할머니가 나가자 드림캐처 안이 더 조용해졌다. 천장에 매달아 놓은 드림캐처에 박힌 가짜 보석이 햇빛에 반사되어 반짝거렸다. 에어컨 바람을 따라 거미줄 모양으로 짠 동그란 틀에 매달린 녹색과 핑크빛 깃털이 움직였다. 깃털은 좋은 꿈을 내려주고, 거미줄은 악몽을 잡아주고, 보석은 악몽이 정화된 새벽이슬이라는 뜻을 가진 드림캐처. 할머니가 이걸 어떻게 알고 가게 이름으로 붙인 건지 모녀는 의아해했다. 할머니는 인터넷에 다 나와 있다고, 내 동년배들은 다 아는데 젊은것들이 그런 것도 모르냐고 되물어서 모녀를 벙하게 만들었다.

다연은 주방으로 들어가 냉장고를 열었다. 그리고 인절미가 담긴 통을 꺼내 비닐봉지에 한 움큼 집어넣었다. 잘게 잘린 인절미에서 콩가루 냄새가 훅 올라왔다. 다연은 자리로 돌아와 휴대폰을 꺼냈다. 할머니가 돌아오기 전까지 어제 보다가 만 영화 〈나의 소녀시대〉를 볼 생각이다. 이 영화도 친구들 대화에 등장했다. 다들 이 영화를 이미 봤고, 다들 이 영화의 남자주인공 왕대륙에게 반했다고 했다. 어떻게 하면 화면 속 남자에게 반할 수 있는 걸까. 이상하지만 일단 친구들이 전부 본 영화니까 볼 필요가 있었다. 그런데 오늘따라 왕대륙이 좀 멋있어 보인다. 여치 더듬이처럼 이마 위로 늘어뜨린 앞머리 두 가닥도 어젯밤에 봤을 때보다 덜 느끼하고, 심지어 좀 귀엽다. 눈은 휴대폰에 고정한 채 초코우유로 변한 빙수를 단숨에 들이켰다. 그 순간 왕대륙이 활짝 웃었다. 희고 단단한 치아 8개가 햇빛을 받은 드림캐처의 보석처럼 반짝였다. 어째서 친구들이 왕대륙에게 빠졌는지 조금은 알 것 같다.

육상부 훈련을 멈춘 다음부터는 학교를 마치고 드림캐처에 들렀다가 한강에 가는 생활이 계속되었다. 그리고 텔레비전과 휴대폰을 그전보다 더 자주 보게 되었다. 하지만 뭘 보더라도 마음은 다른 장소에 맡겨놓은 것처럼 찝찝했다. 달리기를 할 때는 마음이 몸 안쪽 아주 깊숙한 곳에 잘 붙어 있는 것 같았는데, 지금은 연체료가 매일매일 불어나고 있는 지하철 무인 사물함에 마음을 처박아놓은 것 같다.

그럴 때마다 한강에 갔다. 한강 물은 늘 더럽고 둔치에는 쓰레기가 굴러다니지만 그래도 이런 기분이 들 때 그럭저럭 찾아갈 만한 곳이 있다는 건 다행이었다.

3살쯤 되는 아기가 포동포동한 팔을 휘저으며 다연의 앞을 지나갔다. 아기 뒤를 부모가 재빨리 쫓았다. 금세 엄마 아빠에게 잡힌 아기는 당연하다는 듯 한쪽 손으로는 엄마를, 다른 손으로는 아빠를 잡았다. 아기한테는 이게 당연한 거다. 한 손에는 엄마, 다른 손에는 아빠. 집에 있는 많은 사진 중에 어디에도 세 식구가 함께 찍은 사진은 없었다. 그리고 아빠와 다연이 함께 찍은 사진도 없었다. 다연은 휴대폰을 꺼내 비밀 폴더를 열었다. 하지만 이 안에는 있다. 산만 한 덩치에 안 어울리게 메달을 이빨로 깨무는 코믹한 표정의 아빠와 찍은 사진도, 아기인 다연을 사이에 두고 앳된 얼굴의 엄마와 아빠가 활짝 웃는 단 한 장의 사진도.

"바나나우유 좋아해?"

벤치에 앉아 있는 다연에게 편의점에서 아르바이트하는 해수가 바나나우유를 내밀었다.

"퇴근하면서 원 플러스 원 하는 바나나우유를 사서 나오는데 네가 딱 보이더라고."

"고맙습니다."

"저번에 초콜릿 바 줬잖아. 은혜 갚는 거야. 그때 고마웠어."

두 사람은 나란히 앉아 우유를 마셨다. 달콤하고 부드러운 것이 목구멍을 타고 천천히 내려갔다.

"배가 고프면 생각도 어두워지는 것 같아."

"네?"

"배가 고프면 조금만 힘들어도 되는 일도 되게 많이 힘든 것처럼 느껴져. 그래서 그날 네가 준 초콜릿 바가 참 고마웠어."

다연은 키가 작아 간신히 땅에 닿아 달랑거리는 해수의 발끝을 바라보았다.

"……언니 꿈은 뭐예요?"

"내 꿈?"

다른 사람들은 무슨 꿈을 꿀까. 다연은 올림픽에 나가 목에 금메달을 걸고 어깨에 태극기를 걸친 채 트랙을 도는 장면을 가장 많이, 가장 자주 상상했다. 드디어 바라던 대로 지구에서 가장 빠른 선수가 되었다. 엄마가 관중석에서 손을 흔들고 아빠도 엄마 옆에서 손을 흔든다. 친구들이 환호를 보낸다. 꽃다발은 전부 주워서 평생교육원 할머니들과 단체관람을 온 외할머니 품에 안겼다. '우리 강아지가 최고다!' 그게 다연이 꾸는 꿈이었다.

"내 꿈은 회사에 취직한 다음에 내 집 장만해서 강아지 두 마리 키우며 사는 거야. 좀 시시하지? 근데 나한테는 정말 큰 꿈이야. 꿈이라는 건 이룰 수 있을지 없을지 모르는 거잖아. 나한테는 내 집이 생기는 게 그렇게 느껴지거든."

"언니, 강아지 좋아해요?"

"응."

해수는 환하게 웃었다. 그녀의 시선이 반려견을 데리고 오후 산책을 나온 사람들에게로 향했다. 그녀를 따라 허리가 긴 개를 구경하던 다연은 이쪽을 향해 걸어오는 익숙한 실루엣을 발견했다. 구구였다. 구구는 미리 약속이라도 한 듯이 다연이 한강에 오면 자연스럽게 나타났다. 정말로 먹을 복이 있는 비둘기다.

"지금은 자취를 해서 키울 수가 없거든. 일을 마치고 집에 들어갈 때마다 항상 생각해. 작고 따뜻한 존재가 날 기다리고 있었으면 좋겠다고. 그리고 그 아이를 키우면서 내가 그래도 조금은 괜찮은 사람이라는 생각을 하고 싶어."

다연은 생각지도 못한 해수의 이야기에 깜짝 놀랐다. 구구는 두 사람이 앉아 있는 벤치까지 걸어와 둘의 대화를 엿들었다. 그런데 평소와는 다르게 구구의 날개에 흰색의 무언가가 묻어 있었다.

"누군가를 언제나 진심으로 대한다는 건 쉬운 일이 아니야."

구구가 말했다.

"그건 마음이 청춘인 사람만 할 수 있는 일이야. 나이 든 사람들 중에서도 여전히 청춘인 사람들을 잘 살펴봐. 그들은 항상 타인을 배려하고 친절하게 대해. 그런 의미에서 해수 양은 아주 괜찮은 사람이야. 그리고 나이를 먹어도 여전히 괜찮은 사람일 거야."

언니가 아저씨 말을 알아들을 수 있으면 좋을 텐데. 하지만 그럴 수 없으니 한 마디 정도는 꼭 해주고 싶다.

"만약에 언니가 강아지를 키우게 된다면 그 개는 세상에서 제일 행복한 개가 될 거예요."

다연은 해수가 팔에 안긴 강아지의 앞다리를 들고 자신을 향해 바이 바이를 하는 모습을 상상했다. 언니도 강아지도 진심으로 행복해 보인다.

“최근에 들은 말 중에 제일 기분 좋은 말이다. 고마워.”

“우리 컵라면 먹을래요? 제가 살게요!”

대답은 해수를 대신해 구구가 했다.

“컵라면 하나 가볍게 먹기 딱 좋은 시간이지.”

하지만 다연은 라면을 구걸하는 구구를 외면했다. 비둘기랑 말이 통하는 여고생이라니. 여차하면 지금까지 잘 쌓은 어른스러운 캐릭터에 흠집이 날 것이다. 하지만 구구는 얼큰한 라면 국물 냄새에 발을 동동 구르며 다연의 발밑을 맴돌았다.

“이럴 거야?”

발밑에서 구구가 외쳤다.

“우리의 우정은 어디로 간 거야? 네가 이렇게 나오면 나는 인간에 대한 깊은 환멸을 느끼고 외상후 스트레스장애에 시달리게 될지도 몰라. 그게 뭔지 알지? 트라우마 말이야. 다시는 인간에게 마음을 열고 다가가지 못할 거라고.”

비둘기가 마음을 열고 다가간다고 좋아할 인간이 있을까요? 다연은 그런 의미를 눈빛에 담아 구구를 쏘아보았다. 이만하면 포기를 하고 그만 가도 좋으련만, 구구는 각박한 도시생활에 단련이 된 비둘기였다.

“……먹이를 찾아 산기슭을 어슬렁거리는 하이에나를 본 일이 있는가."

다연은 귀를 의심했다. 구구가 노래인지 시인지 정체를 알 수 없는 말을 읊조리기 시작했다.

"자고 나면 위대해지고 자고 나면 초라해지는 나는 지금, 지구의 어두운 모퉁이에서 잠시 쉬고 있다."

구구는 아직 대낮처럼 벌건 한강을 애잔하게 바라보며 계속 읊조렸다.

"이 큰 도시의 복판에 이렇게 철저히 혼자 버려진들 무슨 상관이랴. 그치, 다연아? 나보다 더 불행하게 살다간 고호Vincent van Gogh란 사나이도 있었는데."

어휴, 진짜. 다연은 한숨을 쉬었다.

"이 비둘기 말이야, 아까부터 우리 앞에서 알짱거리는."

헉. 설마 언니가 눈치를 챈 건가?

"점심에 나한테 삼각김밥을 얻어먹으러 오는 비둘기랑 굉장히 비슷하게 생겼어. 그 비둘기도 목덜미가 보라색이고 다른 비둘기보다 좀 뚱뚱하거든."

다연은 기가 막혔다. 구구는 마치 얌전하고 충성스러운 개마냥 그간 편의점 아르바이트생의 얄팍한 주머니까지 턴 것이다.

"자세히 보니까 맞는 것 같아. 절대 다른 비둘기들처럼 달려

들지 않고 줄 때까지 기다리는 게. 근데 오늘은 날개에 뭘 묻히고 왔네.”

해수는 면발 한 가닥을 들어서 국물을 털어내고 바닥에 내려놓았다. 구구는 다연을 의기양양한 표정으로 바라보며 라면을 쪼아 먹었다.

“네 기사 봤어. 유명한 선수더라.”

해수가 본 것은 작년 4월 전국 육상 선수권대회 여자 100m에서 다연이 2위를 차지한 기사였다. 16세 스프린터 주다연이 여자 100m 결승에서 12초 03이라는 놀라운 기록으로 결승선을 통과했다는, 이로써 한국 육상계에 새로운 신성新星이 등장했다는 기사였다.

“그런 거에 비하면 나는 지금까지 뭘 했나 싶어. 친구들은 다 졸업했는데 난 등록금 때문에 휴학했거든.”

해수는 거기까지만 말하고 입을 다물었다. 점장은 유통기한이 지난 폐기 음식을 점심값 대신 먹으라고 했다. 그 와중에 유통기한이 몇 시간밖에 지나지 않은 상태 좋은 것들은 자신의 외제 차에 실었다.

다연과 해수는 한동안 말없이 공원을 오가는 사람들을 바라보았다. 이럴 때 어른들은 무슨 말을 할까? 역시 어린 건 귀찮고 짜증만 날 뿐이다. 의기소침해진 언니를 기운 차리게 할 만

한 생각이 떠오르지 않는다. 기껏 떠오르는 것은 죄다 먹는 것뿐이다. 어른의 고민은 그렇게 단순하게 해결되지 않을 텐데. 다연은 식어버린 라면을 휘저었다.

"혹시 그거 알아? 우사인 볼트가 반려동물로 거북이를 키우는데, 그 거북이가 거북이 달리기 시합에서 1등을 했대. 역시 그 주인에 그 거북이인가 봐."

어색한 침묵 속으로 구구가 거침없이 치고 들어왔다.

졌다. 다연은 해수에게 구구에 관해 털어놓았다. 설명하는 내내 자기를 허언증에 걸린 재수 없는 애라고 생각할까 봐 신경이 쓰였지만, 해수는 놀라는 기색 하나 없이 다연의 이야기를 들었다.

"아, 애니멀 커뮤니케이터 같은 거네. 비둘기가 원하는 게 뭔지 안다는 거잖아. 텔레비전에서 그런 다큐를 봤어. 애니멀 커뮤니케이터가 조랑말이 하는 이야기를 듣고 주인에게 대신 전해주더라고. 엄청 감동적이어서 눈물이 줄줄 나더라."

'감동'까지 느껴줄 필요는 없는데. 하지만 적어도 자기를 이상한 애라고 생각하지 않는 것 같아서 다연은 안심했다. 이 언니, 어린애 같은 귀여운 구석이 있단 말이야.

두 사람이 잠실대교에 사는 우리말에 능통한 비둘기에 관해 이야기하는 동안, 구구는 인절미를 후식으로 먹었다. 다연은 구구에게 날개에 묻은 게 뭔지 물었다.

"혹시 비둘기를 싫어하는 사람들한테 당한 거예요?"

"이거? 염색한 거야."

염색? 기분 나쁜 윤기가 흐르는 보라색과 녹색의 목덜미를 가진 흔한 회색 비둘기. 거기에 고지혈증이 의심되는 후덕한 복부 때문에 절대 10m 이상 날지 못하는 비둘기. 그런 비둘기에게 왜 염색이 필요하지?

"조만간 영화에 출연하게 될 것 같아."

구구는 그 말을 뱉어놓고 쑥스러워했다. 하지만 곧 지저분한 양 날개를 먹음직스러운 미국풍 로스트 치킨처럼 벌리고 과장된 몸짓으로 말했다.

"2월에 본 기사 기억해? 이제 그날이 머지않았다고. 〈첩혈쌍웅〉 3편 찍으러 홍콩에 갈 거야."

다연은 다시 한번 '오우삼'과 '첩혈쌍웅'을 휴대폰으로 검색해보았다. 구구 말대로 〈첩혈쌍웅 3〉의 역사적인 첫 촬영이 임박했다는 기사가 어제 날짜로 인터넷에 올라와 있었다. 오디션은 8월 24일 낮 12시로 시간은 변함이 없었지만, 여전히 장소는 '모처'라고 두루뭉술하게만 적혀 있었다. 구구는 특히 성당 총격 장면이 1편과 2편보다 더욱더 큰 스케일로 재현될 예정이라는 부분을 굳이 다시 한번 읽고는 흥분을 감추지 못했다. 오우삼 감독의 결단이 반도의 한 비둘기를 자극한 것만은 확실했다.

"성당 씬은 〈첩혈쌍웅〉의 클라이막스이자 트레이드마크이며 엑기스이자 간지니까."

진액과 멋이라는 올바른 한글 표현을 두고 이제는 이 땅에서 몰아내야 할 일본식 용어인 엑기스와 간지를 들먹일 정도로 구구에게 〈첩혈쌍웅〉 3편은 특별했다.

"그런데 성당 씬에 나오는 비둘기는 전부 프린스처럼 눈같이 하얀 비둘기거든."

드디어 왜 날개에 정체불명의 흰색 물질이 묻었는지 구구는 설명하기 시작했다.

"진심으로 바라면 온 우주가 도와준다며. 나 같은 경우에는 바로 이 순간을 위해 내가 한글을 읽을 줄 알게 되었다고 생각했지."

잠실대교 근처 초등학교 주변을 배회하던 구구는 조만간 학교 앞 횡단보도 도색을 새로 한다는 정보를 입수했다. 교문 옆 철제 울타리에 매달아 놓은 플래그 카드에서 읽은 확실한 정보였다. 드디어 디데이의 날이 밝아왔다. 구구는 새벽부터 학교를 찾아가서 기다렸다. 아침이 되자 과연 아저씨 네댓 명이 횡단보도에 도로 통제용 빨강 고깔콘을 세워놓고 횡단보도를 새로 칠하기 시작했다. 구구는 말라비틀어진 철쭉 화단 속에 몸을 숨기고 때를 노렸다. 한차례 작업을 마친 아저씨들이 연초 타임을 즐기기 위해 흡연 구역으로 전부 사라진 그때, 구구는 복부 비만으로 후덕한 몸매를 제법 빨리 놀려 흰색 페인트가 깔끔하게 채워진 길고 반듯한 직사각형에 몸을 굴렸다. 아직 채 마르지 않은 페인트가 날개에 흠뻑 스며들었다.

"이걸로 주윤발 따거에게 한 뼘 더 가까워졌다고 생각하니까 마음속 깊숙한 곳에서 기쁨이 솟아올랐달까."

한강의 잔물결처럼 일렁이는 감동이 잦아들 때쯤 다연은 냉정한 목소리로 대꾸했다.

"기름진 뱃속이겠죠."

"말하고 나니까 별일 아닌 것 같아서요. 엄마랑 아빠가 이혼한 것도, 엄마랑 외할머니랑 셋이 사는 것도."

"다행이네. 어떤 문제는 일단 입 밖에 내고 나면 별게 아닌 법이거든."

3

달리지 않으면 지지도 않는다

“행복은 성적순도 아니지만 선착순도 아니야. 아, 물론 육상은 선착순이 맞긴 해. 육상은 그래도 행복은 아니야. 엄마가 무슨 말 하고 싶은지 알지? 하, 오늘따라 정리가 안 되네.”

돌려 말하려다가 도통 무슨 말인지 모르겠는 말을 뱉어놓고 영미는 괜히 깔깔 웃었다. 엄마도 나 때문에 참 고생이 많다.

“너, 미술 배울래? 어릴 때 그림 그리는 거 좋아했잖아.”

“무슨 미술을 지금 배워? 어디에다 써먹게.”

“꼭 뭘 써먹어야만 배우니? 그냥 취미로 배울 수도 있는 거지. 아니면 요즘 너희가 좋아하는 유튜브 크리에이터 같은 건 어때? 엄마 월급이면 아주 좋은 장비는 아니더라도 어지간한 건 마련해줄 수 있을 것 같은데. 생각 좀 해봐."

"왜 자꾸 돈 들어가는 것만 얘기해. 우리 돈 많아?"

끊임없이 재잘거리던 영미는 치, 한마디만 내뱉고는 수건을 내려놓고 드라이어를 들었다. 그리고 다연의 숱이 많고 유독 새카만 머리카락을 따뜻한 바람으로 말렸다. 영미는 다연의 머리를 말릴 때마다 뒤통수만 봐도 내 딸이고, KTX 타고 가면서 봐도 백영미 딸이라며 감탄했다.

"친구들이랑은 좀 놀았어? 엄마가 큰맘 먹고 용돈도 올려줬는데. 영화도 보고 떡볶이도 사 먹고 코인 노래방도 가라고 그랬잖아."

"바쁜 애들 귀찮게 하기 싫어."

영미는 고개를 앞으로 해서 다연의 얼굴을 힐끔 보았다.

"역시 엄마 딸이네. 훌륭하도다. 근데 그런 건 안 닮아도 돼."

모녀는 알아서 스스로 챙기고 뭐든 혼자 헤쳐나갔다. 그걸 좋아해서 그렇다기보다는 그렇게 살아왔기 때문에 그게 자연스러웠다. 애초에 육상이 다연의 마음에 든 것도 그래서였다. 어디에서든지 혼자 할 수 있다는 것. 하키나 배구처럼 누군가가 필요 없다는 것. 장비도 필요 없고 시간과 장소에 구애받지도 않는다는 것. 육상은 맨발로 흙길을 달리는 마사이족처럼 자유롭다. 육상이 가진 독립적인 성격은 다연을 매료시켰다. 다연이 육상선수가 돼서 세계 대회에서 금메달을 따오겠다고 했을 때 영미는 엄지손가락을 치켜들었다.

“내일 9시까지 병원에 와서 엄마한테 전화해.”

“혼자 갈게.”

“전화해.”

“괜찮은데.”

“괜찮은 거야, 싫은 거야? 솔직하게 말해.”

“……괜찮은 거야.”

“대답이 미묘하게 늦다? 간만에 엄마 노릇 좀 하게 협조 좀 해줘.”

다른 엄마들 같았으면 꾀병이라고 생각했을 것이다. 발목뼈는 아주 깨끗하게 잘 붙었다. 다연이 봐도 엑스레이 사진 속 곧고 잘생긴 다리뼈는 멀쩡했다. 하지만 다연은 다시 달리지 못했다. 다른 애들 같았으면 이걸 어떻게 설명해야 할지 난감했겠지만, 다연은 그럴 필요가 없었다. 다연에게 다른 문제가 있다는 걸 베테랑 간호사인 엄마가 단박에 알아챘기 때문이다.

◆◆◆

한밤중의 학교 운동장은 텅 비어 있었다. 다연은 운동화 끈을 꼼꼼하게 다시 묶었다. 수없이 되풀이해본 일인데 발목을 다친 다음부터는 운동화 끈을 묶을 때마다 폐가 쪼그라드는 것 같다. 목이 말라 침을 꿀꺽 삼켰다. 앞으로 영원히 달릴 수 없게 되면 어떻게 해야 할까. 뭘 하고 살아야 할까. 다연은 숨을 크게 들이마셨다가 내뱉었다. 아직 잠들지 않은 새가 날카로운 울음소리로 정적을 깨뜨렸다. 멀리서 들리는 구급차의 사이렌 소리, 바람에 나뭇가지가 스치는 소리, 큰 곰처럼 엎드려 자고 있는 학교에서 들려오는 정체불명의 소리 때문에 신경이 곤두섰다.

다연은 집으로 돌아가고 싶은 마음을 떨치고 어둠 속의 한 점을 노려보았다. 여름밤의 주인인 풀벌레들만이 텅 빈 운동장 위에 혼자 서 있는 소녀를 응원하듯 울어댔다. 다연은 마음속으로 셋을 센 다음 왼발을 땅에서 떼었다. 하지만 곧바로 힘없이 꺾여버렸다. 운동장 바닥은 한여름인데도 차다. 다연은 볼을 땅에 대고 누운 채로 발목을 만져 보았다. 왼쪽 발목에 찌릿한 통증이 있다. 더는 만져볼 엄두도 나지 않을 만큼 아프다.

집으로 돌아와 옷을 갈아입는 것도 귀찮아서 운동복 반바지와 티셔츠 차림으로 침대에 누웠다. 오늘이 토요일이라 다행이다. 이런 기분으로 학교에 갔다가는 무슨 사고를 칠지 모른다. 다연은 이불 속에서 몸을 동그랗게 웅크린 채 잠들기 위해 노력했다. 벌을 받는 기분이다. 달리고 싶은데 자꾸만 넘어지는 것은 벌이다. 내가 뭘 잘못한 걸까. 어디서부터 잘못된 걸까. 그런 생각을 하는 사이, 어느 틈에 잠이 들었다. 하지만 꿈을 꾸다가 금세 잠에서 깨버렸다. 다연은 땀으로 범벅이 된 얼굴을 어둠 속에서 매만졌다. 아직 아침이 되려면 한참이나 남았는데.

다연은 얇은 이불을 걷고 발목을 내려다보았다. 어둠에 익숙해지자 곧게 뻗은 발목의 실루엣이 드러났다. 아까 운동장에서 넘어졌지만 두 달 전에 생긴 상처의 흔적이 희미하게 남았을 뿐 새로 생긴 상처는 없었다. 차라리 상처라도 하나쯤 더 났더라면.

다연은 침대에서 일어나 불을 켜고 책상 앞에 앉았다. 그리고 그동안 한 번도 펼쳐본 적이 없는 '진로와 직업' 교과서를 펼쳤다. 달리기가 아니라면 뭘 할 수 있을까. 한 페이지를 넘기자 '올해 12월에 이 글을 읽을 나에게 쓰는 편지를 적어보자'라고 적혀 있다. 다연은 목차도 읽지 않고 책을 덮어버렸다.

그때까지 아무 일도 일어나지 않을 것이고, 여전히 밤에 이렇게 일어나 혼자 아침을 기다릴 게 분명했다.

♦♦♦

다연은 두 번째 방문하는 진료실을 시큰둥하게 둘러보았다. 정신과 의사의 진료실이라고 해서 별다를 건 없었다. 다만 진료실 벽에 지난번에 못 본 글귀가 적힌 종이가 한 장 붙어 있었다. 프린터로 뽑은 흰 종이에는 딱딱한 글씨체로 딱 한 줄이 적혀 있었다.

'지식과 지혜는 병상에서부터 시작된다.'

"생리학자이자 의사였던 산토리오가 한 말이야. 육신의 골격에 난 자그마한 금 하나에 영혼의 뼈대가 흔들려 진혼 나팔인 양 울려라, 하고 엄청 멋 부린 말도 했어."

앞에 앉아 있는 의사가 말했다. 사십 대 초반으로 보이는 의사의 인상은 평범했다. 사실은 좀 다를 줄 알았다. 수술복을 입고 메스를 휘두르지도 않고 긴 줄을 환자의 코나 입에 넣지도 않는, 그저 이렇게 마주 앉아서 각자 하고 싶은 이야기나 하다가 헤어지는 정신과 의사니까. 긴소매 셔츠를 걷어 올린 의사는 학교 앞 문방구 주인 같기도 하고 우동집 사장님 같기도 하다. 이런 사람이 새 아빠가 된다면 어떨까. 좀 괜찮아 보이는 어른 남자를 볼 때마다 자연스레 그런 생각이 들었다.

"실제로 부상을 당해본 경험자로서 산토리오의 말에 공감이 좀 돼?"

"……."

다연은 대답 대신 긍정도 부정도 아닌 느낌으로 고개를 저었다. 인터넷에서 기계적이고 성의 없는 정신과 상담 후기를 이미 잔뜩 읽었다. 얼마 전에 자살한 아이돌도 의사와 그런 상담을 했다고 유서에 적었다. 눈앞의 이 사람도 결국 친한 척 말을 유도해서 고민이 뭔지 끌어내고, 다들 힘들지만 극복하며 살고 있으니 주다연 학생도 할 수 있다는 말을 할 게 뻔하다. 전부 다 내 탓이고 내가 못나서예요. 선생님, 이 말이 듣고 싶었나요? 이렇게 보내는 시간이 20분에 5만 원이라니. 아무래도 엄마가 잘못 생각한 것 같다.

"근데 어른들 말 너무 새겨듣지 마."

의사는 조카를 대하는 삼촌처럼 말했다. 둘밖에 없는데도 마치 밖에서 누가 엿듣기라도 하는 것처럼 목소리까지 낮춰서. 마치 큰누나는 사사건건 잔소리가 심하니까 걸러서 들어야 한다고 모종의 공감대를 형성하는 삼촌과 조카 사이처럼.

"사실 어른들도 잘 몰라. 의사인 나도 모르고. 어쩌다 보니 어른이 된 것뿐이야. 솔직히 어른이 됐다는 게 무슨 의미인지도 정확히 모르겠어."

"그래도 사람들이 존경하는 돈 잘 버는 의사가 되셨잖아요. 그럼 된 거 아니에요?"

의사는 그런가? 하는 의미처럼 양손을 들었다가 책상 위에 올려놓았다.

"음, 일단 의사가 되는 걸로 결정은 했지만, 아직 확신은 없어. 가끔은 다 그만두고 연구실에 틀어박혀서 책이나 읽을까 싶기도 하거든. 환자 앞에서 할 이야기는 아닌가?"

의사는 싱긋 웃으면서 불만 가득한 소녀의 얼굴에 시선을 고정했다. 다연은 얼굴이 조금 빨개진 것 같아서 뺨을 슬쩍 만졌다. 보통의 의사라면 컴퓨터 모니터 화면을 뚫어져라 보다가 아주 잠깐만 환자와 눈을 맞출 뿐인데, 이 사람은 뭔가를 적지도 들춰보지도 않고 다연에게 집중했다. 만약 이 아저씨가 정신과 의사가 아니라 우동집 사장님이 되었다면, 손님이 우동 한 그릇을 맛있게 비우는지 은근히 부담을 주면서 끝까지 지켜볼 것 같다.

"아까 말한 산토리오는 30년 동안이나 자신이 섭취한 음식물과 배설한 똥과 오줌의 무게를 측정했어. 그래서 섭취한 것에 비해 배설한 것의 양이 적다는 걸 알았지."

그걸 꼭 재야만 알 수 있는 건가. 다연은 얼굴을 찡그렸다.

"지금은 섭취한 음식물이 몸 안에서 영양분으로 흡수가 되고 찌꺼기만 배설된다는 사실을 아니까 당연하지만, 산토리오가 살았던 1600년대에는 그 상관관계를 몰랐어. 매일 자기가 먹은 것과 배설물을 들여다본 산토리오 덕분에 오늘날 사람의 기초대사에 관한 연구가 시작된 거야. 체온계와 맥박계를 만든 것도 산토리오야."

다연은 그냥 고개를 끄덕였다. 뭐라고 대답해야 좋을지 감이 서지 않았다.

"30년 동안이나 몰두할 수 있을 만큼 좋아하는 일이 있다는 건 정말 부럽고 대단한 일이야. 누구한테나 그런 게 있는 건 아니잖아."

달리기. 나한테는 달리기가 있다. 산토리오 씨한테는 똥이 있었고.

"육상을 오랫동안 해왔다고 들었어. 정형외과에서 넘어온 차트를 좀 참고했지. 맨 처음 네 차트를 보고 무슨 생각이 들었는지 알아?"

"글쎄요."

"이렇게 힘든 걸 어떻게 몇 년이나 했을까 싶었어. 아홉 살 때부터 육상선수였다며? 검색해보니까 육상부 훈련량이 엄청

나더라고. 존경스럽더라."

의사의 의도를 도무지 파악할 수 없었다. 인터넷에서 읽은 일반적인 정신과 상담과는 저만치 멀어진 채로 시간이 점점 가고 있었다. 이 종잡을 수 없는 상담을 끝내고 싶다.

"그래서 제가 뭘 어떻게 하면 돼요? 어떻게 해야 발목에 신경을 안 쓸 수가 있는 거예요? 약을 먹어야 하면 먹을게요. 저는 빨리 병이 나았으면 하거든요."

의사는 눈을 가늘게 뜨고 다연을 바라보았다. 가느다란 안경테 속 그의 눈이 다연의 얼굴과 벽에 붙어 있는 산토리오의 글귀를 거쳐 다시 다연으로 향했다.

"이미 다 나은 발목이 여전히 말썽을 부려서 달리지 못한다고 들었어."

"네."

"내 생각에는 지극히 정상이야."

"네?"

"지금 달리지 못하는 건 완벽하게 정상이야. 이런 상담은 필요 없어. 물론 여기까지 온 건 칭찬할 만해. 병원이라는 데가 썩 유쾌한 곳도 아니고 적지 않은 돈도 내야 하잖아. 여기까지 왔다는 것만으로도 나는 박수를 쳐주고 싶어."

의사는 정말 박수라도 칠 기세로 책상 위에 올려놓았던 손을 슬쩍 들었다.

“들어야 하는 건 나 같은 의사나 어른들의 말이 아니라 네 마음의 소리야. 분명 달리고 싶지 않은 데는 이유가 있을 테니까.”

아니, 난 지금이라도 당장 달리고 싶다. 의사가 잘못 짚었다.

“분명 이유가 있으니까 네 마음이 딱 멈춘 거야. 그러고는 뇌가 왼쪽 발목에 명령을 내린 거지. ‘나는 지금 달리고 싶지 않아, 그러니까 멈춰.’라고.”

“…….”

의사는 거기까지만 말하고 다연의 대답을 기다리는 듯 등을 기대어 앉았다. 다연은 의사가 한 말을 곱씹었다. 그게 정확히 무슨 뜻인지 잘 모르겠다. 일단 지금 상태가 정상이라는 시원스러운 말은 마음에 든다. 의사가 아니라면 아니겠지. 영원히 풀리지 않는 끈으로 다리가 묶인 것 같은 기분이 조금이나마 사라졌다.

“어디든 여행을 다녀오는 것도 좋아. 이번 기회에 학교와 집이 아닌 곳에서 생활해보는 것도 마음의 소리를 듣는 데 도움이 될 거야.”

상담은 그렇게 끝났다. 다연이 자리에서 일어나자 그는 인사를 겸해 손을 들며 말했다.

"어떤 길을 택하더라도 네 마음에 비췄을 때 행복하면 돼. 산토리오는 아마 행복했을 거야. 남들이 왜 저 인간은 할 일 없이 냄새나는 똥을 들여다보고 있냐고 비웃었어도 말이지."

♦♦♦

다연은 병원을 나와 집으로 가는 대신 한강공원으로 향했다. 토요일 한낮의 공영 주차장은 달아오른 차들이 내뿜은 불쾌한 열기로 후끈했다. 공영 주차장 입구에 달려 있는 대형 스피커에서 엄청나게 큰 소리로 트로트가 흘러나왔다. 폭염주의보가 내려진 한강은 텅 비어 있었다. 그렇다면 저렇게 파괴적으로 흘러나오는 트로트는 도대체 누굴 위한 것인가. 다연은 고막이 닳아버릴 것 같은 기분에 검지로 귀를 슬쩍 막았다. 그리고 무심코 발아래를 내려다보았다가 깜짝 놀랐다. 주차된 차 밑에 비둘기들이 모여 있었다. 마치 해수욕장에서 파라솔을 하나씩 차지한 인간들처럼, 비둘기들은 차 밑에 삼삼오오 모여 뜨거운 태양을 피하고 있었다. 저 앞에는 물이 흐르는 한강이 있고 넓게 펼쳐진 잔디밭도 있고 플라타너스가 죽죽 서 있건만, 인간들의 차를 피서지로 택한 도시 비둘기들의 적응 능력에 감탄을 금할 수 없다.

구구는 병원에 갔다 오느라 인절미 없이 빈손으로 나타난 다연에게 한참을 투덜거렸다. 그러더니 할 일이 있다며 앞장서서 걷기 시작했다. 구구와 다연 앞으로 비둘기 한 마리가 길을 막아섰다. 얼굴은 하얀데 몸통은 회색이다. 흰색 비둘기가 사이즈가 작은 회색 니트를 꾸역꾸역 껴입은 것 같다. 두 비둘기 모두 뚱뚱하기로는 용호상박이지만, 구구의 벨벳그린 컬러 목덜미가 조금 더 굵었다.

"내 친구를 소개할게. 성룡 영화로 치면 홍금보 같은 친구야. 이래 봬도 순정파라고. 이봐, 아직도 그 여자 못 잊은 거야?"

홍금보라고 소개된 비둘기는 이상한 신음을 냈다. 홍금보는 애써 마음을 추스르고 다연에게 질문했다.

"육상선수라고 들었는데 뭐 하나 물어봐도 될까?"

"뭔데요?"

"우사인 볼트의 100m 기록인 9초 58을 시속으로 환산하면 38km쯤 된다고 하던데."

비둘기가 어떻게 그런 것들을 아는 걸까. 길에 다니는 비둘기들이 전부 이런 생각을 하는 걸까. 혹시 서울을 정복하겠다는 야심이라도 품고 있는 건 아닐까.

"그러면 제한 속도가 30km인 학교 앞 어린이 보호구역에서 우사인 볼트가 달리면 경찰이 속도위반 딱지를 뗄까?"

야심보다는 호기심이 강한 것으로 간단하게 판명이 났다.

"우사인 볼트는 자동차나 오토바이가 아니니까 상관없을 것 같은데요? 어린이 보호구역에서 30km 이하로 달려야 하는 건 자동차지, 사람이 아니잖아요."

"음, 그러네. 아주 속 시원한 대답이었어."

다연은 의문을 해결하고 앞장서서 걸어가는 두 비둘기를 따라갔다.

"그런데 아저씨는 왜 날지 않고 걸어요? 홍금보 아저씨도 뚱뚱해서 못 나는 거예요?"

"이래 봬도 난 날 수 있어. 저 친구와는 달라."

"근데요?"

"걷는 게 취미야. 걷는 것만큼 관절에 부담을 주지 않는 운동도 드물거든."

하아. 8월의 공기보다 뜨거운 한숨이 다연의 입에서 흘러나왔다.

"근데 지금 도대체 어딜 가는 거예요?"

"확인할 게 있어서."

"뭘요?"

"……."

구구는 그렇게만 대꾸하고 공영 주차장에 주차된 차들을 하나씩 살피기 시작했다. 뭔가 정확하게 찾는 차가 있는 듯 구구는 보닛에 올라가 차 안까지 꼼꼼하게 들여다보았다. 다연과 홍금보는 나무 그늘에 앉아 구구가 하는 행동을 지켜보았다.

"해수 양이 며칠째 보이지 않아."

"언니가요?"

"응. 구구는 아마도 그게 점장 때문이 아닌지 추측 중이야."

말을 마친 홍금보는 아스팔트를 콕콕 쪼았다.

아저씨의 수수께끼 같은 이야기가 이해되지 않았다. 혹시 언니가 아르바이트를 그만두기라도 한 걸까. 물론 강아지를 키울 수 있는 집을 구하는 데 도움이 될 만한 회사에 다니게 되어서 편의점 따위 그만두었을 수도 있다. 하지만 나한테 한마디 말도 없이? 여기까지 생각한 다연은 정작 해수의 연락처도 모른다는 사실을 깨달았다.

"그런데 요즘은 왜 달리지 않아?"

한강공원을 오가는 비둘기들은 전부 내 사정에 관해 알고 있는 걸까. 다연은 구구가 비둘기들을 모아놓고 소문을 내는 장면을 어렵지 않게 상상할 수 있었다.

"새벽마다 여기서 달리는 걸 본 적이 있어. 다들 새해에 열나게 시작했다가 관두는 게 조깅인데, 거의 매일 오더군."

잠시나마 구구를 오해한 것이 살짝 미안하다. 다연은 머뭇거리다가 대답했다.

"……부상 당한 이후로는 달릴 수가 없게 됐어요."

홍금보는 잠시 침묵했다. 그리고 비장하게 말했다.

"알지, 그 감정. 나도 그랬어. 버림받는 게 두려워서 더 이상 누군가를 사랑할 수 없게 되었어. 소녀 또한 두려운 거겠지? 또 부상 당하거나 원하는 결과를 얻지 못할까 봐."

다연은 잠시 생각했다.

"비슷한 것 같아요."

"그러면 달리지 않는 지금, 마음은 좀 편하겠군. 어쨌거나 지지 않아도 되니까. 내가 누군가를 사랑하지 않는 덕에 더 이상 상처받지 않아도 되는 것과 비슷해."

둘이 이야기를 나누는 사이, 구구는 편의점 점장의 차를 찾아냈다.

"머리가 작아서 멍청해 보일지 몰라도 우리는 1부터 10까지 셀 수도 있고 기억력도 무지 좋아."

점장의 딥블루색 미니쿠퍼 보닛에 서 있는 구구를 보며 홍금보가 욕인지 칭찬인지 모를 말을 했다. 솔직히 감탄했다.

구구는 그 좋은 기억력을 발휘해 매일 편의점을 오가는 수많은 사람의 얼굴을 기억했다. 그중에서도 작은 체구에 동그란 안경을 쓴 아르바이트생만이 유일하게 음식물 쓰레기통 근처에서 얼쩡거리는 비둘기에게 욕을 하거나 뭔가를 집어던지지 않는다는 중요한 사실을 알아냈다. 그러던 어느 날, 그 아르바이트생이 점심으로 먹던 유통기한 지난 참치마요 삼각김밥을 한 입 떼어서 구구에게 내밀었다.

"그건 거의 1년 만에 먹는 생선이었어."

뭉쳐진 밥 속에 들어간 참치 통조림도 생선이라는 사실.

"그리고 마요네즈는 항상 옳다는 걸 다시 한번 확인했지. 혹시 그거 알아? 기침이 심하게 날 때 마요네즈를 먹으면 기침이 쏙 들어가는 거?"

구구는 참치와 마요네즈의 고소한 맛을 기억하려는 듯 입맛을 다셨다.

하지만 인간들은 비둘기에게 밥을 주는 인간에게 친절하지 않았다. 그리고 그걸 얻어먹으려고 매일 편의점으로 출근 도장을 찍는 비둘기를 혐오했다. 어느 날, 몇몇 동네 주민들이 편의점에 들이닥쳤다. 날도 더우니 아이스크림이나 하나씩 먹으러 온 건 물론 아니었다. 유해조수인 비둘기에게 먹이를 주는 불량직원을 고용한 점장에 대한 항의 방문이었다. 결국 아무것도 사지 않은 채 잔소리만 늘어놓은 주민들이 돌아가자 점장은 해수를 불렀다. 구구와 홍금보가 본 건 여기까지였다.

그다음 날부터 해수는 출근하지 않았다.

"왜 항상 친절한 인간들은 손해를 보는 걸까? 또 왜 친절한 인간들은 가난한 걸까?"

구구는 각종 세균이 득실거릴 것 같은 가슴 털을 있는 힘껏 부풀리며 말했다.

"아저씨가 그 일에 엄청나게 일조했다고요."

말을 마치기 무섭게 다연은 편의점에서 나오는 해수를 발견했다. 늘 입고 있던 감색 편의점 조끼를 벗은 해수는 길에서 흔히 보는 평범한 대학생 같았다. 얼핏 보면 다연보다 고작 한두 살 더 많은 고등학생 같기도 하고. 다연은 손을 번쩍 들었다.

"언니, 여기……."

해수의 표정이 좋지 않았다. 마치 주인이 목에 매달아준 술통을 실수로 잃어버리고 주인 볼 면목이 없어 고개를 푹 숙인 세인트버나드 같다.

"해수 양이 떠나기 전에 빨리 불러."

구구는 다연이 조수라도 되는 양 지시했다. 다연은 구구를 째려보았다.

"이별 선물도 없이 그녀를 보낼 거야?"

이별 선물? 글쎄, 나라면 아르바이트에서 잘리게 한 원흉이

주는 선물 따위 받고 싶지 않을 것 같은데. 하지만 언니의 표정이 너무 어둡다는 게 마음에 걸렸다. 활짝 웃으면 어린애 같은 언니. 햄스터처럼 자그마한 언니. 벤치에 앉으면 발이 땅에 닿지 않는 언니. 아쉬운 대로 비둘기가 주는 선물이라도 필요할지 모른다. 다연은 해수를 향해 힘껏 손을 흔들었다.

♦♦♦

2009년 6월, 비둘기는 공식적으로 서울의 유해야생동물로 지정되었다. 분변 및 털 날림 등으로 문화재 훼손이나 건물 부식 등의 재산상 피해를 준다는 이유에서였다. 인기 없고 불결한 동물로 서울시에서 보증을 한 셈이다. 그리고 지금, 구구는 바로 그 서울시에서 보증한 분변을 이용해서 점장이 얼마 전에 뽑은 외제 차에 재산상의 피해를 줄 계획이다.

두 아저씨와 다연은 점장의 차가 있는 공영 주차장 주차방지턱에 앉아 해수의 이야기를 들었다. 그녀의 이야기에서 가장 많이 등장한 단어는 '손해'와 '포기'였다. 점장은 해수에게 네가 편의점 매상과 이미지에 입힌 손해가 막대하니 이번 달 월급을 포기하면 없던 일로 해주겠다고 말했다. 만약 거부할 경우 본사에 알려서 다시는 편의점 아르바이트를 못 하게 만들겠다고 했다. 그러면서 점장은 덧붙였다. '막냇동생처럼 생각해서 이 정도로 끝내는 거야'라고.

"그 돈은 포기하기로 했어."

해수는 손바닥을 들어 뜨거운 햇볕을 가렸다.

"여기서 일하는 동안 평생 들을 욕을 다 들은 것 같아."

다연도 뜨거워진 정수리를 매만졌다. 정신이 몽롱해지면서 아빠 생각이 난다. 아빠, 우리가 탄 고장 난 엘리베이터에 언니도 태워야 할 것 같아.

"알바생이 고작, 그것도 점심으로 먹으라고 던져준 유통기한 지난 삼각김밥을 비둘기에게 몇 번 줬기로 서니, 밥줄을 끊어?"

씩씩거리며 주차방지턱 앞을 오가던 구구가 입을 열었다.

"못돼먹은 점장 놈한테 따끔하게 한마디 해줘야겠어."

쥐눈이콩만 한 구구의 눈동자가 저만치 앞에 있는 점장의 차를 응시했다.

"뭐라고 해줄 건데요?"

구구는 대답 대신 정오의 태양을 받아 번쩍번쩍거리는 점장의 미니쿠퍼 보닛 위로 다시 올라갔다. 그러고는 별 힘을 들이지도 않고 분변을 배출하기 시작했다. 분변은 굴림체에 가까운 글씨로 단 두 글자를 완성했다.

'쪼다.'

"정말로, 비둘기가, 한글을 알고 있네?"

해수의 동그란 눈이 한껏 더 동그래졌다. 이 기세를 몰아 홍금보도 보닛 위로 폴짝 올라갔다.

"자네가 남은 복수를 해줘. 쪼다 옆에 '새끼'라고 써주면 고맙겠어."

홍금보는 고개를 끄덕이며 엉덩이에 힘을 주기 시작했다.

"자네의 이 용감한 모습을 제비 양이 본다면 정말 좋아할 텐데."

구구가 보닛에서 내려왔다.

"제비 양?"

다연은 아까 홍금보와 나눈 대화를 떠올렸다. 비둘기가 제비를 짝사랑한 거야? 그래도 되는 거야?

"제비 양은 서울살이를 힘들어했어. 특히 미세먼지를 못 견뎌했지. 그리고 비둘기만큼 생활력이 강하지도 못했어."

그녀는 약하고 순수했어, 하고 홍금보가 엉덩이에 힘을 주다 말고 덧붙였다.

"결국 그녀는 맑은 공기와 비둘기가 없는 곳을 찾아 제주도로 떠났고, 이 친구는 이렇게 혼자 공영 주차장에 남았지."

홍금보는 자신에 관한 구구의 처량한 소개 멘트에 부응이라도 하듯 이제 막 새끼를 낳으려는 엄마 소처럼 복부에 힘을 주고 애절하게 아우아우거렸다.

"이 친구는 내가 아는 한 가장 의리 있는 비둘기야. 제비 양이 떠난 이후로 다른 새한테 눈길 한 번 주는 걸 본 적이 없어."

"죽기 전에 그녀를 딱 한 번만 볼 수 있으면 좋겠어."

"아저씨…… 죽어요? 혹시 불치병에라도 걸린 거예요?"

"아니. 원래, 갈 때는 순서가 없는 거란다."

"……."

이 아저씨들은 도대체 비둘기다운 말을 하면 다들 죽는 병에 걸렸는지. 홍금보는 온천처럼 콸콸 솟아나는 제비 양에 대한 사랑을 모아 엉덩이에 힘을 주고 분변을 배출하기 시작했다.

"여긴 이 친구에게 맡겨두고 우린 사라질까? 아직 할 일이 남아 있어."

구구는 낮은 목소리로 말했다. 할 일이 더 남았다고? 격렬하게 몸을 쓰는 것에는 이골이 났지만 오늘만큼은 정말 피곤하다. 엄마와 할머니가 말하는 어깨결림이라는 게 어떤 건지 태어나서 처음으로 실감했다.

"뒤에 친구가 있다는 걸 잊지 마."

구구는 느끼하게 한 마디하고는 덧붙였다.

"이건 〈영웅본색〉 대사야. 이게 바로 수컷들의 의리랄까."

친구를 앞세우고 자신은 도망가는 주제에 할 말은 아닌 것 같은데. 그런데 인간인 우리가 왜 뚱뚱한 비둘기의 계획대로 움직여야 하는 거지? 날씨도 무지하게 더운데. 하지만 구구는 상상도 하지 못한 방법으로 점장을 응징했다. 나라면 어떻게 했을까? 생각보다 좋은 아이디어가 떠오르지 않는다. 다연은 포기하고 순순히 구구의 뒤를 따라갔다.

다연은 잠실대교 아래에 서서 거대한 철제 다리를 올려다보았다. 수많은 비둘기가 회색 난간에 서서 짜증과 피로가 뒤섞인 표정의 인간 소녀를 내려다보았다.

"봉준호 감독이 만든 영화 〈괴물〉 알지? 한강이 괴물을 낳은 젖줄이잖아? 서울은 비둘기를 낳은 젖줄이라고 할 수 있지."

난간에 서 있는 비둘기들이 푸드득 땅으로 내려왔다. 그 속에는 구구와 다연을 세트로 한심하게 생각하는 신경질적인 흰 비둘기 프린스도 끼어 있었다.

"잠시만."

구구는 다연과 해수를 두고 비둘기들에게 걸어갔다. 다연은 마트에서 친구를 만나 잠시 수다를 떠는 엄마를 기다리 듯 구구와 비둘기들을 바라보았다.

"……그리고 누가 도대체 검색 기록을 지우는 거야? 공용 휴대폰으로 야동이라도 검색해보는 거야?"

방금 되게 위험한 단어를 들은 것 같은데. 다연은 미간을 찡그렸다.

"8월 한강 축제 일정은 조만간 다시 확인해볼게. 푸드 트럭이 유행이니까 재주껏 따라다녀 보라고. 내 생각엔 그냥 한강에서 라면을 먹는 라이더족들을 목표로 삼는 게 나아. 다들 2차를 족발이나 곱창으로 제대로 갈 생각에 건더기와 국물을 조금은 남기니까."

오호, 소리가 절로 나오는 나름 치밀하고 쓸데없이 분석적인 구구의 브리핑이 끝나자 비둘기들은 다들 원래 있던 다리 난간을 향해 날아갔다. 하지만 구구는 여전히 휴대폰에 머리를 박고 있었다. 프린스가 그 모습을 물끄러미 보다가 피식 웃었다.

"고용노동부? 보나 마나 지는 싸움이야."

다연은 구구를 건드리지 않도록 주의하면서 덮개가 너덜너덜한 휴대폰을 검지와 엄지로 집어 들었다. 구구는 고용노동부에 편의점 점장을 신고하는 중이었다.

"그런 소리 할 거면 가서 네 볼일 봐."

구구가 평소답지 않게 쏘아붙였다.

겸연쩍은 듯 괜스레 아스팔트를 쪼던 프린스가 의견을 냈다.

"음, 자료가 있으면 더 좋을 텐데. 이런 분쟁에는 증거가 결정적인 역할을 하잖아. 점장이 폭언할 때 녹음해놓은 거 없어? 딱 봐도 없는 표정이긴 하지만."

다연은 해수에게 비둘기들이 뭘 하고 있는지 알려주었다. 구구가 편의점 지점명과 미니쿠퍼에 적혀 있던 점장의 연락처까지 야무지게 써서 고용노동부에 갑질 점장으로 신고했다는 사실을 듣고 해수는 난감하다는 표정을 지었다.

"근데 이 휴대폰은 뭐예요? 설마 대리점에서 개통한 건 아니죠?"

"작년 10월에 교량 점검 온 누군가가 잃어버린 휴대폰이야."

매년 3월과 10월이 되면 서울 시내 교량과 터널, 고가 차도 등 580개에 이르는 도로시설물 안전점검이 실시된다. 그러면 공무원, 시의원, 건축공학과 학생, 시민 등이 안전모를 쓰고 교량 상부를 함께 걸어가면서 손상된 곳이 있는지 확인한다. 그때 난간 너머로 허리를 숙이던 누군가의 점퍼 주머니에서 휴대폰이 떨어진 모양이다.

"지문인식이나 비밀번호 설정도 없고 배경화면은 베란다에 줄지어 서 있는 화분이더라고."

추정컨대 등산을 좋아하는 중년 여사님의 휴대폰 같았다. 사진첩에는 갖가지 산을 배경으로 찍은 기념사진이 잔뜩 있었다.

"전원을 꺼놨다가 필요할 때만 공용 와이파이를 잡아서 쓰고 있어. 한강 수영장 안내센터에 공공 와이파이가 설치되어 있는데 반경 400m까지 터지더라고."

설명을 듣고 있자니 슬슬 무서워진다. 이 비둘기 어디까지 알고 있는 걸까.

"그럼 휴대폰 충전은요?"

"그건 저기 공용 화장실에서. 핸드 드라이어 코드를 뽑고."

충전기는 구구가 지하철을 타고 강남역에 가다가 누가 흘린 걸 주웠다.

"이런 것만 봐도 서울은 살 만한 도시라니까. 어딜 가나 와이파이가 빵빵 터지잖아."

정말 하찮은 이유로 비둘기에게 살기 좋은 도시 칭호를 받은 서울시의 입장이 궁금하다. 다연은 기가 막혀서 말도 나오지 않았다.

"저기, 비둘기한테 고맙다고 전해줄래?"

해수가 동그란 안경을 고쳐 쓰며 말했다.

"네? 비둘기한테요?"

"응."

"굳이 뭐……."

"남의 일에 진심으로 같이 고민해준다는 거 쉽지 않잖아. 서울에서는 뭐 하나 쉬운 일이 없더라고. 학교에 다니는 것도, 자취방을 구하는 것도. 근데 '쪼다'라고 써준 거 너무 후련했어. 후후."

해수는 코를 찡긋하며 또 후후, 하고 웃었다. 언니가 웃었으니까 됐다.

더운 한낮이 지나가자 제법 시원한 바람이 강에서부터 불어왔다. 구구가 나란히 앉은 다연과 해수 사이에 메추리알만 한 머리를 들이밀었다.

"내가 좋아하는 영화 〈영웅본색〉의 영어 제목은 'A Better Tomorrow'야."

〈첩혈쌍웅〉으로도 모자라서 이제는 〈영웅본색〉 타령인가. 다연이 지겹다는 표정을 지었지만 구구는 아랑곳하지 않았다.

"내일은 더 괜찮을 거라는 거지. 내일 일은 내일의 나에게 맡기는 거야."

다연은 집으로 돌아가기 위해 일어났다. 오늘 하루는 정말 길었다. 하지만 결말은 나쁘지 않았다. 그래도 할 말은 해야겠다.

"그런 마인드로는 노후가 불투명하다고요!"

"지금 달리지 못하는 건 완벽하게 정상이야. 이런 상담은 필요 없어. 들어야 하는 건 나 같은 의사나 어른들의 말이 아니라 네 마음의 소리야. 분명 달리고 싶지 않은 데는 이유가 있을 테니까."

아니, 난 지금이라도 당장 달리고 싶다. 의사가 잘못 짚었다.

"분명 이유가 있으니까 네 마음이 딱 멈춘 거야. 그러고는 뇌가 왼쪽 발목에 명령을 내린 거지. '나는 지금 달리고 싶지 않아, 그러니까 멈춰.'라고."

4

익사하지 않고 살아남기

매일, 문득문득 떠올랐다. 그날의 굴욕이, 또다시 넘어졌을 때의 경악이, 슬픔이, 분노가……. 왜 이렇게 됐을까. 어쩌다가 이렇게 됐을까. 교실은 그런 우울한 것들을 떠올리기에 적당했다. 다연은 창밖으로 눈을 돌렸다. 운동장에서는 육상부가 훈련 중이었다. 밖을 보는 것도 별로 좋은 선택은 아니다. 다연은 책상 위에 놓인 종이로 시선을 돌렸다. '나의 특성에 맞는 미래 직업 찾기'라고 적힌 제목 아래 희망 직업과 그 이유를 적는 네모 박스가 무려 4개. 다연은 텅 빈 네모 박스를 물끄러미 내려다보았다. 중학생 때도 비슷한 걸 적었다. 그때는 맨 위 네모에 '올림픽 메달리스트'라고 적고 나머지 3칸은 과감히 비웠다. 그것 말고는 미래에 대해 생각해본 적이 없었다. 물론 그때는 미래는커녕 이렇게 교실에 종일 앉아 있게 될 줄도 몰랐지만.

"양심적으로 반은 채워라. 안 그러면 학생부 점수에서 깎을 테니까."

담임의 말에 여기저기서 노골적인 불만 표시가 피어올랐지만, 담임은 플라스틱 자로 출석부를 탁탁, 치면서 조용히 하라고 했다. 다연은 슬쩍 고개를 들었다. 고개를 들고 있는 건 다연뿐이었다. 다들 미래에 대해 무슨 할 말들이 그렇게 많은 거야? 다들 언제 그렇게 미래에 대해 생각한 거야? 주말에 뭐하냐고 물으면 몰라, 하고 대답하고 엎드려 자던 유리마저 고개를 푹 숙인 채 뭔가를 쓰고 있었다. 어차피 다들 비슷비슷한 걸 쓰겠지. 프로게이머, 유튜버, 아니면 건물주 같은 거만 쓸 거면서. 그런 것들에 비하면 내 장래희망은 무려 올림픽 메달리스트야. 이런 게 바로 진짜 꿈이라는 그런 자부심이 내심 있었건만, 지금은 올림픽의 'ㅇ'도 쓸 수가 없다. 다연은 책상 아래에서 왼쪽 발목을 천천히 돌렸다. 기분 나쁜 뭔가가 발목 안에 자리를 잡고 있는 것 같다. 발목의 주인인 내 말은 전혀 듣지 않는 지독한 놈. 뒤늦게 중2병에라도 걸렸는지 뭐든 반대로 하는 구제 불능 같은 놈. 주인이 그렇게 넘어져도 죽지도 않는 좀비 같은 놈.

다연은 다시 창밖으로 시선을 돌렸다. 몇 개월 전만 해도 저 운동장에서 교실을 올려다보며 시원한 교실에서 편하게 앉아 있는 애들을 부러워했는데 지금은 그 무엇보다 땡볕과 모래먼지가 절실하다. 의자는 또 왜 이렇게 작은 걸까. 다연은 긴 팔과 다리를 불편한 듯 꼼지락거렸다. 다연보다 덩치가 큰 남자아이들도 사이즈가 맞지 않는 책걸상에 얌전하게 몸을 욱여넣고 있었다. 하복을 입고 땀 냄새를 폴폴 풍기는 그 등짝들이 터지기 직전의 만두 같다.

일단 수업은 들어보기로 했다. 특히 수학은 들어둘 필요가 있었다. 나중에 메달리스트가 되어 국가에서 연금을 받게 되면 스스로 관리해야 하니까. 하지만 무슨 소리인지 알아들을 수가 없어서 중간에 책을 덮어버렸다. 국어는 자버렸다. 사회 과목도 별 소용이 없었다. 난 지금 부상 때문에 다른 사람들과 어울리는 방법을 잊어버린 아주 위험한 상태니까. 교과서 어디에도 잘나가던 사람이 갑자기 바닥을 쳤을 때 극복하는 방법이나 예시 같은 건 적혀 있지 않았다. 전부 이미 성공한 사람들에 관한 이야기뿐이다. 다들 위기를 극복하고 위대한 사람이 되었다는데, 위기를 어떻게 극복했는지는 왜 안 가르쳐

주는 걸까.

반 아이들은 다연을 받아들이지 않았다. 정확히 말하면 여자애들이 그랬다. 여자애들은 흡사 걸그룹을 연상시키는 다연의 긴 팔과 다리를 질투 섞인 표정으로 힐끔거렸다. 어제는 체육 수업에 빠지겠다고 체육 선생님에게 말하고 교실로 온 다연에게 유리가 지나가듯, "다리 멀쩡해 보이는데." 한마디 하고 다른 애들과 교실을 나갔다. "약한 척, 불쌍한 척, 지겹다." 누군가의 입에서 그런 말도 나온 것 같다. 운동장을 전력 질주하는 것보다 가만히 앉아서 남들 구경하는 게 몇 배는 더 괴롭다는 사실을 친구들은 모른다. 반면, 남자애들은 다연에게 관심을 보였다. 부족한 축구 인원에 다연을 넣을지 말지 자기들끼리 쑥덕거리더니 100m를 몇 초에 달리냐고 물었다. 그래놓고는 다연의 기록을 듣더니 그냥 가버렸다. 다연의 기록이 남자애들의 알량한 자존심을 건드린 모양이었다. 그냥 갈 거면 왜 물어봤냐고 쏘아붙이고 싶지만, 이쯤 되니 다 귀찮다.

해수 언니는 포기하는 데 익숙해졌을까. 그날 언니는 그래 보였다. 다연은 씹다 버린 껌처럼 빛이 바래고 색이 탁해진 운동화를 내려다보며 터벅터벅 걸었다. 눈앞에서 흙먼지가 뽀얗게 일어났다. 흙먼지 덕에 마술사의 보물 상자라도 연 양 잠시

앞이 보이지 않았다. 3학년 선배가 다연 앞에 멈춰 섰다. 그녀는 자신의 시선을 피하지 않는 다연을 고깝게 바라보았다. 그리고 금세 표정을 바꿔 빙글빙글 웃었다. 다연을 대신해 유망주라는 왕관을 쓴 선배는 행복해 보였다. 코치가 선배에게 다가왔다.

"12초 88. 잘했어. 다음 주에도 이대로만 하면 무조건 1등이야. 방송 한 번 타야지. 그런 게 바로 스펙으로 남는 거야."

선배는 다연의 앞을 보란 듯이 박차고 달려나갔다. 선배도 작년 전국 대회를 앞두고 부상을 당했다. 코치는 육상부 후배들 사이에서 고개를 푹 숙이고 있는 선배에게 말했다.

"그날 대학 육상부 스카우터들이 온단 말이야."

코치는 코앞에서 기다리던 버스를 놓친 사람처럼 짜증을 냈다.

"걔들한테 뭔가 보여줘야지. 전국 대회 4강에 못 들면 익사하는 거야. 명문대에서 찍은 애라는 소문이 돌아야, 앞으로 니들 인생이 편해져."

4강. 그 강은 깊고 파도가 거친 강이었다. 그 강을 넘지 못하면 선수 생활을 자신의 의지와 상관없이 관둬야 했다. 대학에서도 실업팀에서도 아무도 찾지 않는 선수가 되기 때문에 달리는 것이 의미가 없어진다.

"이거 안 하면 뭐 할 거야? 이제 와서 공부할 거야, 아님 기술 배울 거야? 니들 머릿속으로 글자가 들어갈 것 같아? 남자애들은 경비업체 같은데 취직한다지만 니들은 뭐 할래?"

주사 맞겠습니다. 코치의 말을 묵묵히 듣고 있던 선배는 어깨를 움츠리며 그렇게 말했다. 일명 대포주사라고 부르는 그 주사가 스테로이드 주사라는 걸 모르는 육상부는 없다. 육상 경력 8년째인 다연은 대포주사가 단순히 진통제가 아니라 독을 주사하는 거라는 걸 알고 있다. 선배는 아마 그 주사를 맞았을 것이다. 그렇지 않고서 그날 선배가 본인의 최고 기록을 갈아치웠을 리 없다. 다연이 부상을 당했을 때도 코치는 똑같이 말했다. 다연은 선배처럼 고개를 푹 숙이고 코치의 말을 들었다.

"뭔가 보여주지 못하면 인생 조지는 거야. 몸은 그다음이야. 메달 따서 대학 가고 성공해야지."

성적이 먼저고 몸은 그다음이다, 아무도 찾지 않는 선수가 되면 세계 대회에 나갈 기회조차 없어진다, 코치는 반복해서 그렇게 말했다. 딱 한 번만 맞는 거야. 딱 한 번만 주사를 맞으면 유망주의 왕관은 다시 네 것이야. 왼쪽 발목에 자리 잡은 재수 없는 괴물도 그렇게 속삭였다. 선배는 더 이상 부상이 두렵지 않을까. 또다시 주사를 맞으면 그만이라고 생각하고 있을까. 주사가 좋은 성적을 가져다주는 가장 쉬운 길이라는 걸 안 이상 그걸 거부할 수 있는 선수는 별로 없다. 금메달을 따면 대학은 갈 수 있다. 하지만 대학을 가는 게 성공인가. 애당초 성공이라는 것의 기준은 뭘까. 그럼 우린 고작 대학을 위해 몸은 그다음이야, 소리를 들어야 하는 걸까.

"주다연!"

코치의 목소리가 들린다. 다연은 대답 대신 스트레스로 뻣뻣하게 굳은 목을 돌렸다. 코치가 우리 부의 유망주로서 가장 먼저 12초대 초반 기록을 세운 경험담을 공유해줄래, 하고 말하며 다연을 부를…… 리가. 코치가 말했다.

"체육관 가봐. 스포츠과학연구실에서 일대일 면담 요청이 들어왔으니까."

면담? 안 좋은 예감이 든다. 얼마 전 무슨 단체에서 나왔다며 육상부원들을 체육관에 모아놓고 '심리검사지'라는 걸 내밀었다. 죽 늘어선 연구원들은 온화한 건치 미소를 띤 채 선수들을 바라보며 말했다. 가벼운 심리 테스트라고 생각해주세요, 각 문항에는 정답도 없고 비밀도 보장되니까 너무 많은 생각을 하지 말고 솔직하게 1부터 5까지 숫자를 선택하면 됩니다, 하고 말했는데, 비밀이 '전혀' 보장이 되지 않은 게 분명했다. 또 나만 진심이었지.

다연은 느릿느릿 걸었다. 단두대에 끌려가는 것 같은 발걸음으로. 지금 이 순간 외계인이 지구를 박살 냈으면 좋겠다. 하늘은 슬플 정도로 파랗다. 지구가 망하는 날로 나쁘지 않은 날씨다.

남자의 얼굴은 낯이 익었다. 그때 죽 늘어서 있던 연구원 중 양문형 냉장고만큼 넓은 어깨에 전구처럼 반짝이는 민머리를 한 심리 측정 요원이었다. 요원 같기는 하다. 어떤 의미에서는.

"심리 검사지의 모든 항목에 5를 넣은 육상부원이 있다고 해서."

다연은 말없이 고개를 끄덕였다.

"요즘 기록은 어때?"

"요즘 기록 같은 건 없어요. 안 달리거든요."

"그래?"

꾹 누르면 각진 얼음이 와르르 나올 것 같은 민머리의 네모진 가슴 근육이 씰룩거렸다.

"공부하려고요. 아직 1학년이니까 어떻게든 되겠죠."

"육상은 어쩌고?"

"은퇴한 거나 마찬가진걸요."

"……."

민머리는 손에 들고 있는 서류를 팔락팔락 넘기며 고개를 갸웃거렸다.

"9년은 제법 긴 시간이야. 네 인생의 절반이 넘어. 9년 동안 달렸는데 이젠 정말로 안 달릴 거야?"

"……."

"왜?"

"모든 항목에 5를 넣었으니까요."

나는 지금 시합이 걱정된다.

① 전혀 아니다 ② 아니다 ③ 보통이다 ④ 그렇다 ❺ 아주 그렇다.

나는 지금 신경이 날카롭다.

① 전혀 아니다 ② 아니다 ③ 보통이다 ④ 그렇다 ❺ 아주 그렇다.

나는 지금 나 자신의 능력을 의심한다.

① 전혀 아니다 ② 아니다 ③ 보통이다 ④ 그렇다 ❺ 아주 그렇다.

나는 지금 질까 봐 걱정된다.

① 전혀 아니다 ② 아니다 ③ 보통이다 ④ 그렇다 ❺ 아주 그렇다.

나는 지금 속이 거북하다.

① 전혀 아니다 ② 아니다 ③ 보통이다 ④ 그렇다 ❺ 아주 그렇다.

나는 지금 압박감 때문에 정신을 못 차릴까 봐 걱정된다.

① 전혀 아니다 ② 아니다 ③ 보통이다 ④ 그렇다 ❺ 아주 그렇다.

나는 지금 목표를 달성할 수 있을지 걱정이다.

① 전혀 아니다 ② 아니다 ③ 보통이다 ④ 그렇다 ❺ 아주 그렇다.

나는 지금 남들이 내 시합 내용에 실망할까 봐 걱정된다.

① 전혀 아니다 ② 아니다 ③ 보통이다 ④ 그렇다 ❺ 아주 그렇다.

나는 지금 손에 땀이 난다.

① 전혀 아니다 ② 아니다 ③ 보통이다 ④ 그렇다 ❺ 아주 그렇다.

이런 질문이 무려 다섯 페이지에 걸쳐 있었지만 문제가 아주 쉬운 덕에 다연은 땀으로 젖어 개 코처럼 축축해진 심리 검사지를 1등으로 제출하고 체육관을 나갔다.

"가도 되나요?"

민머리가 양 손바닥을 위로 펴고 으쓱했다. 민머리의 겨드랑이는 강물을 끼얹어 놓은 것처럼 젖어 있었다. 민머리가 코치한테 뭐라고 말할까. 한국 육상의 지속적 발전과 한국 육상의 유일한 희망 주다연 선수의 경기력 향상을 위해 좀 더 세심한 코칭이 필요합니다……라고 해주진 않겠지. 손발이 묶인 채 깊은 강에 빠진 것 같다. 살려줘.

♦♦♦

"우리도 홍콩에 가서 에그타르트를 먹고 오는 거야."

그날 밤, 낮 근무를 마치고 저녁에 퇴근한 영미가 선언했다. 다연은 어리둥절한 표정으로 컵라면에 물을 부었다. 영미는 평소에 영화만 보는 오래된 노트북까지 꺼내서 본격적으로 홍콩행 비행기 표를 검색하기 시작했다. 그리고 다연이 컵라면을 다 먹기 전에 이번 주 금요일인 8월 22일 21시에 홍콩으로 출발하는 비행기 표를 끊었다.

"이렇게 빨리?"

다연은 어째 자신보다 들뜬 엄마를 미심쩍은 눈으로 바라보았다. 둘 다 홍콩은커녕 외국에 나가본 적이 없다. 외국은커녕 비행기를 타본 적도 없다.

"병원에서 선생님도 그랬다며, 여행을 가보라고."

"여행을 가라고 했지, 콕 집어서 외국으로 가라는 말은 안 했어."

영미는 대답 대신 "내일모레 출발이야, 금요일 밤."이라고만 말하고 흥얼거리며 방으로 들어갔다. 그리고 옷장을 열고 홍콩 여행에 어울릴 만한 옷이 있는지 뒤지기 시작했다. 다연은 노트북으로 에그타르트를 검색했다. 동그랗고 촉촉하게 생긴 노오란 동그라미가 화면을 가득 채웠다. 맛은 있겠네.

"엄마."

"응."

방안에서 영미가 대답했다.

"만약에 다시 열일곱 살로 돌아가면 어떨 것 같아?"

"여자 대 여자로 진지하게? 아님 엄마와 딸의 대화답게 평범하게?"

다연은 피식 웃었다.

"당연히 진지하게지. 할머니도 없는데."

할머니는 오늘 함께 일본어를 배우는 평생교육원 동기 할머니들과 극장에서 일본 영화를 보고 온다고 통보했다. 저녁 메뉴는 돈코츠 라멘이라나.

"일단 교복을 입고 땡땡이를 칠 거야."

"……시작부터 불순하네."

"땡땡이를 치는데 혼자가 아니라 남자친구가 기다리고 있는 거야. 저 멀리서 쑥스러운 표정으로. 교복 속에 큼지막한 후드티 같은 거 입고 있음 더 좋겠다."

남자라면 왠지 지긋지긋하다고 할 것 같은 엄마의 입에서 웹소설에 나올 법한 깜찍한 망상이 줄줄 흘러나왔다.

"그리고 우리는 청소년 관람 불가 영화를 보는 거야. 아주 야한 영화는 안 돼. 남자는 다 늑대니까."

엄마, 노선을 확실히 정해. 따뜻한 아이스 아메리카노 같은 건 없다고.

"아! 그리고 외국에서 오는 편지를 받아보고 싶어. 학교 다닐 때 국제 우표가 잔뜩 붙은 편지를 자랑삼아 들고 다니는 애들이 있었는데, 그게 그렇게 멋져 보이더라고. 다들 외국에서 편지를 보내줄 친척 하나쯤은 다 있나 봐. 알다시피 우린 시골에 사는 친척도 없잖니."

"……."

다연은 자동차 뒷좌석에 놓아둔 치와와 인형처럼 말없이 고개를 끄덕끄덕했다.

"근데 갑자기 그건 왜 묻는 거야?"

"그냥. 엄마는 어떤지 궁금해서."

혹시라도 엄마한테서 널 낳기 전으로 혹은 그 인간을 만나기 전으로 돌아가고 싶다는 대답이 나올까 봐 듣는 내내 조마조마했지만, 다연은 무덤덤하게 대답했다.

인생을 다시 시작할 수 있다면 어느 시점으로 돌아가야 할까. 가끔 이런 의미 없는 가정을 해본다. 친구들은 부잣집에서 다시 태어나거나 유치원 시절로 돌아가 실컷 놀고 싶다고 했다. 다연은 친구들의 이야기를 들으면서 딱 하나의 명료한 시점을 떠올렸다. 2개월 전 그날, 발목 부상을 당하기 전 아침으로 돌아가고 싶다. 돌아갈 수만 있다면 기록 같은 건 생각하지 않고 아주 천천히 피니시라인을 향해 달릴 것이다. 등 뒤에서 코치가 고래고래 소리를 지르겠지만 알게 뭐람.

영미는 빈손으로 방을 나와 노트북으로 쇼핑몰 검색에 돌입했다.

"입을 게 없네. 작년엔 뭘 입고 다닌 거지? 너도 필요한 게 있으면 사도록 해. 돈 필요해?"

자못 비장한 목소리. 다연은 얼떨결에 고개를 저었다. 잠깐 잊고 있었는데 엄마는 꽂히는 게 생기면 무섭도록 파고드는 스타일이다. 엄마의 박력 넘치는 기세에 오늘 낮에 운동장에서 선배와 코치와 민머리를 만난 일은 책상 서랍 저 안쪽 뭐가 있는지도 모르는 곳까지 밀려났다. 다연은 곰곰이 생각했다. 열일곱 인생 처음으로 가는 외국 여행. 무엇이 가장 필요할까.

♦♦♦

그것은 캐리어였다. 다연은 다음 날 학교를 마치는 대로 집 근처 상설할인 백화점에 갔다. 1년 내내 갖은 이유를 붙여서 세일 중인 백화점의 노리끼리한 조명 아래에서 사람들이 금붕

어처럼 느릿느릿하게 오갔다. 캐리어는 해외여행의 꽃이다. 다들 공항에 갈 때 캐리어를 끌고 가지 촌스럽게 배낭을 메지 않는다. 연예인들의 공항 사진에도 광택이 나는 큼지막한 캐리어는 빠지지 않는다. 그래, 그런 걸로 사자. 누가 봐도 해외여행을 가는 것처럼 보이는 캐리어로. 그런데 너무 새것처럼 보이는 건 싫다. 그러면 해외여행을 처음 가는 애 같잖아. 물론 처음 가는 거지만, 몇 번 정도는 가본 애처럼 보이고 싶다. 운동장 모랫바닥에다 몇 번 굴릴까.

"지금 사면 캐리어를 꾸밀 수 있는 스티커 세트를 줘."

매의 눈으로 진열된 캐리어를 샅샅이 살피는 다연에게 점원이 말했다. 점원은 세계 각국의 국기가 그려진 스티커와 'YOLO'라고 적힌 스티커를 내밀었다.

캐리어를 사서 비닐도 벗겨낸 채 돌돌돌 끌고 집에 왔더니 집 분위기가 이상했다. 혹시 할머니가 아픈가? 다연은 캐리어를 현관문 앞에 두고 신발을 벗었다.

"엄마가 할 얘기가 있어. 여기 좀 앉아볼래?"

다연은 할머니가 아픈 것만 아니라면 무슨 이야기를 들어도 놀라지 않을 생각으로 엄마 앞에 앉았다. 골동품 시계는 8시를 가리키고 있었다. 오늘은 나이트 근무가 있는 날이기 때문에 평소 같으면 엄마는 이미 출근하고 없을 시간이었다. 영미는 물도 없이 마른 빵을 먹은 사람처럼 입술을 달싹이며 말했다.

"……여행을 다음으로 미뤄야 할 것 같아."

문득 점원의 말이 떠올랐다. 비닐을 벗겨내고 캐리어를 가져가면 환불이 안 된다고 했는데.

"미안해. 갑자기 간호사 두 명이 한꺼번에 그만두는 바람에 엄마까지 휴가를 낼 수 없게 됐어."

"……."

영미는 고개를 돌려 초대받지 못한 손님처럼 현관 앞에 서 있는 캐리어를 보았다.

"예쁜 거 샀네. 다음에는 꼭 저거 가지고 여행 가자."

"……아빠가 있었으면 홍콩에 갔을 거야."

영미는 다시 고개를 돌려 다연의 얼굴을 바라보았다.

"뭐?"

"아빠가 있었으면 무슨 일이 있어도 가자고 했을 거야. 야구 때문에 여행을 못 갈 것 같으면, 아빠는 야구도 그만뒀을 거야. 아빠가 있었으면."

다연은 마지막 말을 반복했다. 이 모든 일이 전부 아빠가 없기 때문에 일어난 것 같다. 발목이 부러진 것도, 발목이 다 나았지만 달릴 수 없는 것도, 엄마가 마음대로 약속을 취소한 것도.

"우리 딸 입에서 아빠라는 말이 한꺼번에 이렇게 많이 나온 건 처음이네."

영미는 입을 꾹 다물고 식탁으로 시선을 돌렸다.

"……."

다연이 그림책을 읽을 수 있는 나이가 되자 영미는 다른 엄마들처럼 다양한 종류의 그림책을 사들였다. 세 명의 가족이 나오는 책도 사고 세 명의 가족이 엄마 뱃속에 든 다른 가족을 기다리는 책도 샀다. 굳이 아빠가 등장하지 않는 책을 골라서 사지 않았다. 다연도 굳이 묻지 않았다. 이 책에 그려진 남자 어른이 왜 우리 집에는 없는지. 왜 어린이집을 마치면 외할머니가 오는지. 왜 다른 친구들처럼 헐레벌떡 뛰어들어 와 번쩍 안아주는 아빠가 데리러 오지 않는지.

아빠가 없다는 생각을 하면 몸 가운데로 바람이 불어 들어오는 것 같다. 가슴 한복판에 구멍이 하나 있는데 그 구멍은 맨홀 뚜껑만 하다. 만약 아빠와 함께 오래 살다가 헤어졌다면 구멍이 좀 더 컸을지 모른다. 지하철이 지나가도 될 만큼 넓고 깊었을지 모른다. 하지만 지금은 그게 딱 맨홀 뚜껑만 하다. 터널만큼 크지도 바늘구멍만큼 작지도 않은, 아무 생각 없이 살다가 문득 그 존재감을 느끼는 정도의 크기.

"엄마는 내가 얼마나 잘 달렸는지 모르지? 모르니까 그렇게 쉽게 여행을 못 간다고 말할 수 있는 거야."

"쉽게 결정한 거 아니야."

"아니야."

다연은 숨을 들이마시고 단번에 쏟아냈다.

"엄마는 뭐든 쉽게 포기해. 그러니까 아빠도 그렇게 쉽게 포기한 거야. 아빠는 그냥 야구가 하고 싶었을 뿐이야. 엄마가 조금만 인내심을 가지고 기다려줬으면 어쩌면 지금쯤 유명 선수가 됐을지도 몰라."

"……."

"아빠도 나처럼 슬럼프가 찾아왔는데 엄마는 그런 아빠를 기다려주지 않았잖아. 지금 나와의 약속을 이렇게 쉽게 깬 것처럼."

다연은 울컥한 마음을 간신히 눌렀다. 서럽다. 서럽고 속상하다.

"다연아, 그런 거 아니야."

"엄마는 그런 기분 모르지? 악몽에 시달리다 일어나 거울을 보면 괴물이 된 것 같은 기분. 내 몸과 마음이 내 의지대로 안 될 때 얼마나 비참한지, 엄마는 모를 거야. 엄마가 아빠를 기다려주지 않았을 때 아빠도 그런 기분이었을 거야. 괴물이 된 기분."

"엄마가 할 말이 없어. 전부 엄마 잘못이야. 제대로 병원 상황도 알아보지 않고 무턱대고 가자고 해서 미안해."

영미도 다연도 꽤 오랫동안 입을 열지 않았다. 벽의 시계가 여느 때와 달리 크고 메마른 소리를 냈다. 침침해진 형광등이 식탁을 사이에 두고 앉아 있는 모녀를 비췄다.

"아빠도 힘들었겠지. 뜻대로 되지 않았으니까. 그런데 말이야……."

영미는 식탁을 짚고 일어났다.

"엄마도 그땐 참 힘들었어."

♦♦♦

처음에는 다연도 금세 다시 달릴 수 있을 줄 알았다. 병원에 누워 있는 동안 육상부 부원들이 매일 돌아가면서 찾아왔다. 빨리 회복하라며 부원들은 운동화를 선물했다. 다연은 한 달 동안 왼발에는 깁스하고 오른발에는 부원들이 사준 운동화를 신고 다녔다. 부원들을 경쟁자가 아니라 세계신기록이라는 같은 목표를 향해 달리는 '동지'라고, 내 경쟁상대는 지난번 12초 03의 기록으로 들어온 나 자신이라고 생각했다. 동지는 한 가지 '동同'에 뜻 '지志'를 쓴다. 그 단순하고 우직한 뜻마저 마음에 들었다. 발목뼈가 완벽하게 붙었다는 의사의 말을 듣고 다연은 가장 먼저 부원들에게 이 소식을 전했다. 그리고 재활을 시작했다. 코치는 재활에 집중하고 다 나을 때까지 운동장에 나오지 말라고 했지만, 다연은 매일 운동장에 나가 부원들에게 손을 흔들고 물을 건넸다.

부원들은 11월에 있을 추계 전국 중·고 육상경기대회에 출전하기 위해 매일 훈련 강도를 천천히 높였다. 물론 다연도 그 대회에 나갈 선수 중 하나였다. 그래서 재활하는 동안에도 상체 운동은 쉬지 않았다. 이번에야말로 작년에 세운 최고 기록을 깰 차례였다. 인터뷰도 연습했다. 함께 달리는 동지들이 있었기에 어려움을 이겨낼 수 있었고, 아참! 엄마와 할머니의 사랑과 전폭적인 지원도 빼놓을 수 없으며, 앗! 근데 아빠 얘기 해도 되려나. 그런 생각을 하며 체육관 화장실 변기에 앉아 있었다.

"솔직히 선배들보다 빨리 달리는 거."

다연은 물을 내리려다 멈칫했다.

"재수 없어. 1학년이면 1학년답게 할 것이지. 누군 그렇게 못 달리는 줄 아나."

"맞아. 입만 열만 세계기록이 어쩌고저쩌고."

다연의 상체가 흔들, 하더니 들고 있던 휴대폰을 놓칠 뻔했다.

"걔 중학교 때도 잘난 척 쩔었대. 내 친구가 걔랑 같은 중학교 나왔잖아."

"그동안 좋았는데. 걔하고 같이 달리는 거 짜증 나."

"걘 끝났어. 이제 그런 기록은 못 낼걸. 잘난 척도 끝이야."

손이 떨렸다. 다연은 다른 손으로 떨리는 손을 꽉 잡았다.

"이번에는 오른쪽 발목 부러지면 좋겠다."

"아, 미친. 악마세요?"

"야, 그럼 대박이지. 그럼 진짜 육상 관둬야 하는 거 아냐?"

부상이 완벽하게 낫고도 다시 달릴 수 없게 된 건 그날부터였다.

교과서 어디에도 잘나가던 사람이 갑자기 바닥을 쳤을 때 극복하는 방법이나 예시 같은 건 적혀 있지 않았다. 전부 이미 성공한 사람들에 관한 이야기뿐이다. 다들 위기를 극복하고 위대한 사람이 되었다는데, 위기를 어떻게 극복했는지는 왜 안 가르쳐 주는 걸까.

5

세렝게티의 펭귄

"설마 가출한 건 아니지?"

"설마 가출한 걸로 보여?"

다연은 운동복 주머니에 손을 넣었다. 맨몸으로 가출하는 바보도 있나.

"여기로 찾아온 건 처음이니까 그렇지."

프로야구 1군 경기가 한창 무르익는 밤 9시. 다연은 잠실경기장까지 걸어갔다. 그리고 축축한 여름밤 공기에 섞여 있는 희미한 핫도그 냄새를 맡으면서 아빠 승용에게 전화를 걸었다. 승용은 3분쯤 후에 나타났다. 시커먼 얼굴로 활짝 웃는데

이 사이에 양상추가 끼어 있었다.

"아빠, 부탁이 있어."

"응, 말해. 뭐든지."

"타격 훈련장 구경시켜줘."

"거긴 외부인 출입금지인데."

"그래?"

"응."

"딸이 태어나서 처음 하는 부탁을 거절하다니. 평생 기억할게."

승용은 끙끙 앓는 소리를 내며 비 맞은 골판지 상자에 버려진 강아지 눈으로 다연을 바라보았다.

"농담이야."

1루 관중석 밑 지면을 약간 파고든 형태로 설치된 더그아웃은 반은 지상에, 반은 지하에 있다. 더그아웃과 타격 훈련장은 좁은 복도를 사이에 두고 마주 보고 있는데, 타격 훈련장은 더그아웃보다 조금 더 지하에 있다. 반지하와 지하라는 거기서 거기 아닌가 싶은 위치인 것에 비해 둘은 큰 차이가 있다. 타격 훈련장에는 조금도 햇볕이 들지 않는다. 타격 훈련장에는 지방 경기를 마치고 돌아와 더그아웃에서 들리는 관중의 함성과 1군 선수들의 박수 소리를 자극과 스트레스의 원천으로 삼으며 배팅 연습을 하는 한 무리의 2군 타자들이 있었다.

승용이 다연의 전화를 받은 건 오늘 외야 수비 실수를 2개나 해서 팀 패배에 지대한 영향을 미친 열아홉 살의 신입에게 잔소리를 하던 중이었다. 좀 더 자신감을 가져, 자신감을 가지라고. 물론 가지려고 해서 가질 수 있는 게 자신감이라면 너나 나나 이렇게 고생하지 않겠지만.

바닥에 굴러다니는 야구공을 줍던 열아홉 살의 신입은 승용과 함께 들어온 다연을 보고 전기충격이라도 당한 미어캣처럼 허리를 곧게 편 채로 굳었다. 그리고 갑자기 120도로 인사를 했다. 그리고 다급하게 발을 움직여 앞으로 다가왔다.

"코치님 따님이신가요?"

"그런데?"

"그렇다면 정식으로 다시 인사를……."

신입은 다연에게 오른손을 내밀었다. 신입의 손은 승용이 잡았다. 그다음 자신의 가슴팍으로 끌어당겼고, 신입은 승용의 너른 품 안에 쏙 들어갔다. 승용은 신입의 관자놀이를 위팔두 갈래근, 즉 이두박근으로 조이기 시작했다. 신입은 짧게 비명을 지르며 승용의 팔 뒤쪽 팔삼두근을 다급하게 쳤다. 다른 선수들은 그래도 싸다는 표정으로 사태를 관망했다. 승용이

헤드록을 풀자 신입은 콧물을 주르르 흘리면서 재빨리 훈련장 구석으로 뛰어갔다.

"햄버거 먹을래?"

승용은 포장마차에서 내놓을 법한 플라스틱 의자 위에 놓여 있는 햄버거를 가리켰다.

"저게 저녁밥?"

"지방 경기가 있는 날은 대체로……."

승용은 고개를 끄덕이며 아까 줍다 만 야구공을 주워 마트 카트 속으로 던져 넣었다.

"햄버거이거나 햄버거야."

타격 훈련장은 바닥부터 벽까지 초록색이었다. 천장에 달린 조명은 왠지 맥이 탁 풀리게 하는 푸르스름한 빛을 내뿜었다. 흡사 햇빛조차 내려가길 포기한 깊은 바닷속 같다.

"1군 선수들은 저녁으로 햄버거 같은 건 안 먹겠지?"

다연도 승용을 따라 야구공을 집어 들었다.

"내가 잠깐 1군 밥을 먹어봐서 아는데,"

승용은 수요일에만 나오는 특별 급식을 떠올리는 바보 초딩처럼 씨익 웃었다.

"되게 맛있는 게 많이 나와."

다연은 흥, 하고 콧방귀를 뀌었다. 차라리 울라고.

"엄마랑 싸웠어?"

"……."

"살다 보면 그럴 때도 있지."

"발목은 다 나았어?"

"……."

"살다 보면 그럴 때도 있는데, 괜찮아."

"괜찮아?"

"괜찮지."

"'에이징 커브'라고 알아?"

"그게 뭔데?"

"내가 그거래. 에이징 커브."

불과 1년 전 육상계를 놀라게 할 기록을 세웠지만 그다음 1년 동안 작년의 기록을 뛰어넘지 못한 다연을 두고 스포츠 전문가들은 그렇게 정의했다. 사람의 능력에도 흥망성쇠가 있어서 성장하고 감퇴하는데, 그 정도를 분석해서 함수 그래프로 수치화하면 포물선 커브를 그린다. 다연은 바로 그래프의 정점을 찍고 추락하기 시작하는 전형적인 케이스라는 분석이었다.

승용은 야구공 하나를 집어 굳이 신입이 있는 쪽을 향해 던졌다. 야구공은 포물선을 그리며 신입의 발 앞에 떨어졌다. 그러고는 파랗게 질린 얼굴의 신입에게 공으로 가득 찬 카트를 농구의 노룩패스처럼 보지도 않고 힘껏 밀어 보냈다.

"그 인간들 찾아가서 뼈다귀를 가루로 만들어줄까?"

"코치에서 잘리고 싶어?"

"……아니."

아프리카 탄자니아 세렝게티 초원에 불시착한 펭귄이 된다면 이런 기분일까. 펭귄이 된 다연은 찰박찰박 발소리를 내며 돗자리만 한 크기의 빙하에서 내려왔다. 건조하고 뜨거운 공기가 두 뺨을 스쳤다. 저 멀리서 영혼 없는 눈동자로 마른 풀을 질겅거리던 얼룩말 같은 친구들이 다연을 응시하다가 다시 풀을 질겅거렸다. 몰려다니며 사자가 먹다 남긴 썩은 고기를 찾는 하이에나 같은 육상부원들은 다연을 보고 입맛을 다셨다. 고놈 참 맛있겠네, 츄릅. 얼음이 녹기 전에 남극으로 돌아갈 수 있을까. 온종일 세렝게티 초원을 찰박찰박 걷고 다니자니 발바닥도 아프고 무엇보다 외롭다. 그렇다고 어, 너 잘못 왔구나, 어쩌니, 안 됐네, 같은 어쭙잖은 위로를 받을 생각은 없다. 괜히 다가와서 쿡쿡 찔러대는 하이에나들에게는 낮은 목소리로 "꺼져!"라고 갈겨주었다.

"그 말대로라면, 나의 에이징 커브는 스무 살에 정점을 찍은 다음 오늘까지 이어지는 거겠네."

"응?"

"여전히 야구를 하고 있으니까, 아직 그 망할 커브가 땅바닥에 처박힌 건 아니잖아. 물론 내가 포기한 꿈을 매일 마주하며 일해야 하지만. 게다가 더그아웃에서 이런저런 소리가 너무 잘 들려서 미칠 것 같을 때도 있지만."

갑자기 와아, 하는 함성이 더그아웃에서 들려왔다. 아마도 경기가 순조롭게 원하는 대로 흘러가는 모양이다.

"이 공, 하루에 몇 개나 던져?"

다연이 물었다.

"음. 아침에 먹은 밥알 수를 세는 게 더 빠를 것 같은데?"

산다는 건 힘든 일이구나. 매일 공을 줍는 것도 힘들고 남이 경기하는 소리를 듣는 것도 힘들구나. 고작 10m 거리를 두고 저긴 천국, 여긴 지옥이다.

"근데 무슨 일이야?"

이번에는 승용이 물었다.

"또 대회에서 기록을 세우고 메달을 따서 아빠랑 사진 찍을 수 있을까?"

"네가 원하면."

트랙에서 넘어지던 순간의 정지화면이 심해를 부유하는 해파리처럼 떠올랐다.

"아빠는 원했어?"

"응. 야구 때문에 힘들었는데 야구 때문에 다시 살고 있어."

"어떻게 했는데?"

"그냥 했어. 뭐, 지구를 구하는 일도 아닌데 너무 심각할 필요 없잖아."

다연과 승용은 밖으로 나왔다. 더 이상 함성을 들어줄 기력도 없을뿐더러 더 이상 주울 공도 없었다.

"집에 갈 거지?"

"가출한 거 아니라니까."

"가출해도 돼. 열일곱 살인데 한 번쯤 방황해도 돼."

"안 한다니까."

"해보는 것도 나쁘지 않아. 대신 자정 전에는 집에 들어가기."

"그게 무슨 가출이야."

승용은 휴대폰을 꺼내 사진 한 장을 다연에게 내밀었다. 전기밥솥처럼 생긴 물체가 바닷가 모래사장에 처박힌 사진이었다.

"2014년에 태풍으로 유실된 제주 서귀포의 해상 기상관측 장비가 2,077일, 무려 5년 8개월 만에 미국 캘리포니아 해변에서 발견됐대."

밥솥, 아니 샛노란 해상 기상관측 장비의 표면은 이리저리 벗겨져 있었다. 고생스러웠겠지만 왠지 용감해 보였다.

"멀리도 갔네."

지구는 과연 둥글구나. 다연은 돌고 도는 바닷물을 따라 홀로 유랑 중인 노랑 밥솥을 상상했다. 외로웠을까. 재밌었을까. 설마 너무 무서워서 얼굴이 노랗게 질린 건 아니겠지? 캘리포니아까지 가는 길에 바닷새들이 앉아 쉴 수 있는 뗏목이 되어줬을까. 깊은 바다에 가라앉지 않고 낯선 나라에 정착한 게 의연해 보이고 귀엽다. 고생했다, 노랑 밥솥. 캘리포니아에서도 제주도에서만큼 행복하길 바란다.

"나도 가보고 싶다! 캘리포니아."

승용은 또 바보 초딩처럼 말했다. 다연은 피식 웃으면서 검지로 휴대폰 화면을 밀었다. 다른 사진들이 차례로 지나갔다. 잠깐. 이 흑백 사진은 뭐지? 부채를 거꾸로 든 것 같은 흐릿한 화면. 그리고 중앙의 검은 완두콩. 지금 보는 것과 똑같은 걸 본 적 있다. 영미가 만든 다연의 성장 앨범에도 다연이 완두콩만 할 때부터 죽순만 해질 때까지의 초음파 사진이 순서대로 붙어 있다.

승용의 얼굴이 햄버거를 싼 포장지처럼 하얘졌다.

"아빠…… 아기야?"

승용은 한참 만에 고개를 끄덕였다.

다연은 운동복 주머니에 손을 넣고 돌아섰다. 여름이지만 남극 못잖게 체감 온도가 순식간에 내려갔다. 심장을 찰싹 얻어맞은 것 같다. 타이밍 좋게 이제는 방석만 한 크기로 녹아버린 빙하가 와장창 깨졌다. 이제 남극으로 돌아가긴 틀렸다.

집에 돌아와 다연은 꿈을 꾸었다. 승용이 빨간색 내복 바람으로 서서 내복 윗도리에 새끼 펭귄을 따뜻하게 넣어놨다가 엄마 펭귄이 와서 달라고 하면 꺼내주는 꿈이었다. 새끼 펭귄들이 차례를 기다리며 줄지어 서 있었다. 다연도 곁에 서서 그 모습을 지켜보았다. 아빠, 나는? 나도 안아줘. 언제 내 차례가 올까 내심 기다렸다. 그런데 다연의 차례가 오기 전에 꿈에서 깨버렸다.

꿈에서 깬 다연은 휴대폰을 확인했다. 새벽 5시. 아직 해가 떠오르지 않았지만 다연은 집을 나섰다.

◆◆◆

"네가 아기였을 때 너를 업고 집 근처 서점에 자주 갔어."

다연과 영미는 응급실이 보이는 벤치에 나란히 앉았다. 영미의 말소리 사이로 도로의 차들이 지나가는 소음이 간간이 끼어들었다.

"서서 책을 읽는데 갑자기 눈물이 쏟아졌어. 친구들이 경주로 자전거를 타러 가자고 했는데 못 간다고 했거든. 친구들은 자전거도 타고 첨성대도 볼 텐데, 나는 여기서 뭘 하나 싶었지. 나도 울고 너도 칭얼대고. 근데 어떤 직원이 휴지랑 그림책을 들고 와서 우리 둘을 달래줬어. 막 서점을 나가려는데 그 직원이 만 원을 내미는 거야. 택시 타고 집에 가라면서."

다연은 눈을 감은 채 영미의 이야기를 들었다.

"다음 날 휴학했던 학교를 다시 등록했어. 할머니한테는 열심히 공부해서 꼭 간호사가 될 테니까 그때까지만 널 봐달라고 했지. 죽어도 아쉬운 소리 하기 싫었는데 그걸 따질 때가 아니라는 생각이 번쩍 들더라."

다연은 어린 엄마의 등에 매달려 울고 있는 자신의 모습을 상상했다.

"몇 년 전엔가 다시 그 서점엘 가봤어. 혹시 그때 그 직원이 있을까 해서. 만나면 밥이라도 사주고 싶었거든."

영미는 거뭇해진 눈 밑을 손으로 슥 문질렀다.

"나는 지금 남의 도움을 받아도 될 만큼 충분히 힘든 상태라는 걸, 그때 처음으로 받아들였어. 그걸 인정하면 완전히 무너

질 것 같아서 애써 괜찮다고 생각했는데, 받아들여야 무너지기 전에 일어날 수 있다는 걸 깨달았지."

다연은 고개를 끄덕였다.

"엄마 힘들었겠다."

"응. 남들은 잘만 사는데 나는 왜 이럴까, 매일 생각했지. 나만 이렇게 인내심이 부족하고 의지가 부족한 건지……. 가족을 지키지 못했다는 자괴감 때문에 정신이 나갈 지경이었어."

"엄마 혼자만의 잘못으로 그렇게 된 게 아니야. 남녀 사이는 복잡한 거라 밖에서 보는 사람은 모르는 거래."

"그런 말은 어디서 들었어?"

"……누가 알려줬어."

"그래, 나 혼자만의 잘못은 아니었겠지. 그걸 알면서도 자신을 괴롭히는 걸 멈출 수가 없더라."

"지금도?"

"아니, 지금은 그런 생각 안 해. 그러니까 너도 넘어져도 돼. 엄마가 있잖아."

"엄마도 있고 할머니도 있지."

"그래. 게다가 할머니는 잘나가는 팥빙수집 사장님이잖아. 엄마를 못 믿겠으면 할머니를 믿어."

영미는 그제야 치, 하며 웃는 다연의 어깨를 껴안았다.

"너만 넘어지는 거 아냐. 다들 그래."

"엄마."

"응."

"엄마가 만약에 내 친구였으면 우린 아마 제일 친한 친구가 됐을 거야."

"그랬을까?"

"응. 엄마가 남들보다 빨리 엄마가 되었다고 해도 나는 앞에서는 위로하고 뒤에서는 욕하지 않을 거야. 같이 아기도 봐주고 아기가 왜 우는지 열심히 인터넷 검색도 했을 거야."

"고마워. 상상만 해도 든든하네."

"언젠가는 엄마랑 아빠랑 내가 달리는 걸 같이 봐줬으면 좋겠어."

영미는 빙그레 웃으면서 다연의 헝클어진 머리를 매만졌다.

"그래, 그럴게."

"그런데 아직 달릴 수가 없어. 달리려고 하면 왼쪽 발목뼈를 칼로 쪼개는 것처럼 아파. 며칠 전에도 사람들이 보는 앞에서 고꾸라졌어. 그런데도 관둘 수가 없어. 달리기 말고 다른 건 하고 싶지 않아."

"감자 칩 같은 건가?"

"응?"

"감자 칩이 그렇잖아. 한 번 봉지를 뜯으면 그만 먹을 수가 없잖아. 중간쯤 먹다가 아차, 다 먹으면 안 되겠네 싶어서 끈으로 묶어놔도 금세 다시 먹게 되잖아. 너한테 달리기는 그런 거 아냐?"

"……."

어딘지 저렴한 비유 같지만 기본적으로는 같은 기분인 것 같다. 그래도 좀 더 멋있게 표현해주면 안 돼?

그때 응급실에서 초록색 가운에 양손을 넣은 남자가 걸어 나왔다. 30대 초반쯤으로 보이는 남자는 영미와 다연이 앉아 있는 벤치까지 다가와서 주머니 속에 든 손을 꺼냈다. 손에는 음료수 캔이 쥐어져 있었다. 영미는 피식 웃으면서 다연 것까지 음료수를 받았다.

"바빠? 호출을 하지."

영미의 말에 남자는 가느다란 목 위에 얹힌 머리통을 흔들었다.

"모처럼 한산한데 그런 말 하지 마."

"너야말로 한산하다는 위험한 말 같은 거 하지 마."

응급실에서 "오늘은 환자 별로 없네"는 금기어다. 외부에서 온 누군가가 그렇게 말을 하면 반드시 응급 환자가 밀려온다

나. 예전에 방송 취재를 온 VJ가 그 말을 하는데, 엄마는 슬리퍼를 벗어 VJ의 면상에 던져버리고 싶은 걸 꾹 참았다고 했다.

다연은 엄마의 동료를 빠르게 스캔했다. 그야말로 머리부터 발끝까지 여자의 감각으로. 비스듬하게 기울어진 액자의 수평을 맞추는데 단 1mm도 용납할 수 없는 눈초리로. 두 사람은 암호 같은 걸 섞어서 대화하기 시작했다. 아마도 환자의 상태에 관한 이야기겠지. 남자랑 대화하는 엄마는 편해 보이는데, 엄마랑 대화하는 남자는 신나 보인다. 엄마를 좋아하는 게 분명해. 다연은 확신했다.

하지만 잔뜩 구겨진 초록색 가운을 입고 있는 저 아저씨, 캐릭터가 그려진 슬리퍼를 신었잖아. 다연은 팔랑팔랑해 보이는 그의 상체로 시선을 돌렸다. 너무 말랐다. 밥은 겨우 한 공기나 먹을까 말까 하고 힘도 별로 세 보이지 않는다. 다연은 마음속에 펼쳐놓은 채점표 중 외모 항목에 가장 낮은 점수를 줬다. 한겨울에 반바지만 입고 달려본 적 있을까? 그랬다가는 고열에 시달리다 자기가 근무하는 응급실에 실려 올지도 모른다. 하지만 나쁜 사람 같지 않다. 음료수도 엄마 것은 캔 커피지만, 다연 것은 레모네이드로 사 왔다. 센스 점수는 조금 좋게 줄까. 다연은 일 때문에 영미가 성인 남자와 동석을 할 때면 항상 똑같은 표정을 지었다. 당신이 우리 엄마의 '새 출발'

상대로 적합한지 노골적으로 감별하는 눈빛. 진돗개를 심사하는 심사위원도 그렇게 날카로운 눈으로, 게다가 노골적으로 들여다보지 않을 것이다.

엄마의 휴대폰에 할머니가 '새 출발'이라고 저장되어 있는 건 모녀만의 비밀이다. 할머니는 틈만 나면 새 출발을 해도 늦지 않은 나이라며 엄마를 들들 볶았다. 그러면 엄마는 "난 지금도 열심히 계속 가고 있다니까. 뭘 자꾸 새로 출발하래. 그냥 킵 고잉 하면 된다고, 킵 고잉!"을 외치면서 할머니의 레이더망에서 벗어나기 위해 갖은 애를 썼다. 엄마는 할머니 몰래 다연에게도 이 사상을 전수했다.

다연아, 너도 새 출발 하지 마. 넌 잘하고 있어. 그러니까 그냥 킵 고잉해, 킵 고잉. 너답게!

감동은 오래가지 않았다. 잠깐 존 것 같은데 지각이었다. 다연은 버스 맨 뒷자리 구석에 앉아 창문에 머리를 처박고 휴대폰을 노려보았다. 휴대폰에는 육상을 시작한 날부터 지금까지의 기록이 전부 저장되어 있다. 누가 시키지 않아도 아홉 살 때부터 그랬다. 이건 아빠도 엄마도 할머니도 모르는 비밀이다. 12초 03이라는 기록이 메모의 마지막 줄에 빛을 내며 새겨져 있다. 나를 대신해 유망주가 된 선배도 세우지 못한 기록. 국가대표 상비군도 세우지 못한 기록. 그걸 내가 가지고 있다고!

버스가 멈췄다가 천식에 걸린 노인처럼 쿨럭이며 힘겹게 앞으로 나아갔다. 내려야 할 정거장에서 두 정거장이나 지나쳤다는 걸 그제야 깨달았다.

"기사님!"

다연은 자리에서 벌떡 일어났다. 오늘은 운 좋게 버스를 세워주는 기사님을 만났다. 열린 뒷문으로 몸을 날렸다. 버스는 지각한 다연을 내려놓고 다시 쿨럭이며 앞으로 나아갔다. 교문 앞에는 담임이 기다리고 있었다. 담임은 팔짱을 끼고 플라스틱 자를 마치 무슨 검처럼 팔 사이에 끼우고 있다. 당연히 오늘 아침도 체육복 차림이다. 교복 치마는 가방 속에 들어 있다. 담임은 팔짱을 풀고 손가락을 까닥거렸다. 다연은 한숨을 쉬며 체육복 바지 주머니에 손을 넣었다. 주머니 속이 허전하다.

'내 휴대폰.'

매일 아침 습관처럼 체육복 주머니에 넣는 휴대폰이 없다. 문득 버스 맨 뒷자리에 덩그러니 있을 휴대폰이 떠올랐다. 정류장이 아닌데도 기사님이 버스를 세워준 운 좋은 아침, 휴대폰을 잃어버렸다.

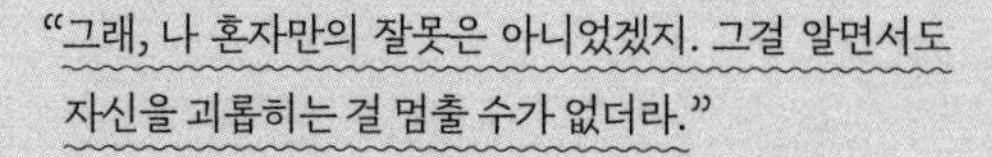

"그래, 나 혼자만의 잘못은 아니었겠지. 그걸 알면서도 자신을 괴롭히는 걸 멈출 수가 없더라."

"지금도?"

"아니, 지금은 그런 생각 안 해.
그러니까 너도 넘어져도 돼. 엄마가 있잖아."

"엄마도 있고 할머니도 있지."

"너만 넘어지는 거 아냐. 다들 그래."

다연아, 너도 새 출발 하지 마. 넌 잘하고 있어.
그러니까 그냥 킵 고잉해, 킵 고잉. 너답게!

6

인생이란 계획을 세우느라 분주한 동안 슬그머니 일어나는 일

관자놀이에서 통증이 느껴진다. 발목이 부러졌을 때도 아프지 않던 머리가 맹렬하게 아프다. 분노 탓인지 제대로 잠을 못 잔 탓인지 알 수 없다. 아마도 둘 다인 것 같다. 다연은 입술을 잘근잘근 씹었다.

"그 안에는 내 전부가 들어 있다고요! 내가 이 세상에 태어난 이유랑 내가 지금까지 이룬 것들이 거기 다 있어요."

"휴대폰 같은 멍청한 기계에 소중한 자아를 넣고 다니다니 세상 말세구먼. 그렇게 소중한 거라면 좀 더 믿을 만한 곳에 두는 게 상식 아냐?"

어쩐 일로 프린스가 한 문장 이상으로 대꾸했다. 물론 죄다 부정적인 말이긴 하지만.

"……잘 알지도 못하면서 멋대로 말하지 말아요."

"너도 어떻게 해야 할지 몰라서 비둘기를 찾아온 거잖아. 비상사태에 고작 비둘기나 찾아오다니 너도 참 이상한 애다."

어떻게 하면 저 재수 없는 비둘기의 입을 닥치게 할 수 있을까. 다연은 한강공원 벤치에 앉아 머리를 감싸 쥐었다. 한강에 오기 전, 재빨리 버스 회사에 연락해 기사님까지 운 좋게 만났지만, 운은 거기까지였다.

"대리점에 가면 휴대폰 위치 추적을 해준대."

옆에 앉아서 휴대폰으로 '휴대폰 잃어버렸을 때 찾는 방법'을 검색해보던 해수가 말했다. 옆에서 대꾸는 없지만 구구 또한 비둘기 공용 폰으로 '분실 휴대폰 찾는 법'을 검색하는 중이었다. 다연은 고개를 저었다. 한강에 오기 전에 이미 해봤다. 통신사 대리점 직원은 휴대폰이 어디로 갈 예정인지 너무 쉽게 알려주었다.

"홍콩으로 갈 거야. 홍콩에 부품만 빼서 되파는 공장이 있거든. 요즘은 다 거기로 간다더라. 홍콩 야시장에 가면 휴대폰 엄청 팔아. 그거 다 한국에서 가는 거야. 한국 폰이 최신이 많잖아."

그러면서 직원은 자신이 보던 직원용 모니터를 돌려 지도를 보여주었다. 작은 압정 같은 빨간 핀이 서해 한복판에 박혀 있었다. 휴대폰은 정오도 되기 전에 한국 땅을 떠난 게 분명했다. 직원이 얄밉게 덧붙였다. 절.대.못.찾.아.

"다들 잊고 있는 한 가지 중요한 사실이 있어."

무슨 꿍꿍이인지 한참 동안 말이 없던 구구가 입을 열었다.

"네가 뭘 생각하든 그건 이미 틀린 생각이야."

가만 보니 프린스는 부정적인 쪽에 한정해서 상당히 파이팅이 넘쳤다.

"오늘 출발하는 홍콩행 비행기 표는, 아직, 취소되지, 않았어."

구구는 무슨 중대발표라도 하듯 청중들의 얼굴을 하나씩 보며 힘주어 말했다.

그건 사실이었다. 엄마는 비행기 표를 취소하지 않았다. 십 년이 넘은 습관이 쉽게 바뀔 리 없었다. 야간근무를 마친 엄마는 한바탕 요란하게 씻고 할머니가 차려놓은 아침밥을 먹고 휴대폰을 끄고 그대로 잠을 잔다. 할머니가 깨우러 올 때까지 죽은 듯이 자는 것이 엄마가 다시 돈을 벌기 위해 나갈 에너지를 충전하는 방법이었다. 어차피 당일 취소라 취소수수료는 엄청 물 예정이고 그걸 아침에 하나 저녁에 하나 별 차이가 없으니,

엄마는 늘 그랬듯이 일단 자고 저녁에 일어나 밀린 일을 처리할 것이다.

"지금 가서 발권하면 그때는 이미 취소 불가 상태겠지? 어때?"

"휴대폰은 새로 사면 돼. 그러니까 쓸데없는 생각 말고 집에나 가. 그리고 더 늦기 전에 공부 시작하는 거 잊지 말고."

구구와 프린스의 조언이 마치 천사와 악마처럼 관자놀이 근처에서 앵앵거렸다. 근데 누가 천사고 누가 악마일까.

"휴대폰 꼭 찾아야 돼요. 거기에 내 기록이 전부 남아 있어요. 아빠랑 찍은 사진이랑 가족사진도 전부 들어 있어요."

"이건 〈첩혈쌍웅〉에 출연하라는 신의 계시야. 이미 말했지만 일요일에 오디션이 있어."

"아니, 넌 날지도 못하잖아. 강남역에 갈 때도 지하철을 타고 가면서. 너 같은 비둘기 때문에 나처럼 지극히 정상적인 비둘기도 전부 닭둘기 취급을 받는다고."

"10m 정도는 날 수 있어. 아니, 비행기를 타고 홍콩에 가게 생겼는데 무슨 걱정이야?"

"일본으로 마술공연을 가본 내 경험으로 말하는데, 넌 오만 잡다한 짐들과 함께 화물칸 신세일 거야."

"드디어 나도 아버지의 조국에서 날아오를 수 있게 됐어."

비둘기들은 철저히 인간을 배제한 채 자기들끼리 떠들어댔다.

"그래, 이런 시대에 희망을 품는다는 건 엄청난 재능이지. 그런 의미에서 난 구제 불능이야. 넌 탈 우주급이고. 잘해봐."

프린스는 흡사 양조위 같은 표정을 지으면서 과자 부스러기가 흩뿌려져 있는 바닥으로 관심을 돌렸다.

"홍콩에 가야겠어요. 무슨 일이 있어도 휴대폰 꼭 찾을 거예요."

"둘 다 미쳤군."

바닥을 쪼던 프린스가 소리를 질렀다.

그래, 미쳤다. 미치도록 찾고 싶다!

"내가 할 수 있는 게 있다면 뭐든 도울게."

마치 오천련 같은 청순한 표정으로 해수가 다연의 어깨를 토닥였다.

"간절히 바라면 온 우주가 돕는다더니 가난한 휴학생까지 우릴 돕겠다잖아."

구구가 한마디 했다.

다연은 가방에서 여권을 꺼냈다. 며칠 전부터 여권을 가지고 다녔다. 도장 하나 없는 깨끗한 여권이지만 가지고 다니는 것만으로도 설레어서 모처럼 발목 문제도 잊었었다.

"해외여행은 처음이라면서 여권이 있어?"

구구가 물었다.

"네."

다연은 잠시 망설였다. 이런 말, 해도 되려나.

"……5년 안에 세계 대회에 나갈 거라 미리 만들었어요."

"요즘 애들은 준비성이 뛰어나네. 좀 무섭달까."

과자 부스러기를 다 주워 먹은 프린스가 벤치로 다가왔다.

"다들 아주 욜로족이 따로 없구먼."

다연은 캐리어에 붙여놓은 YOLO 스티커를 떠올렸다. 그래, 인생은 한 번뿐이야.

"아저씨는 안 가요?"

"당연히,"

"가야지."

앞은 프린스가, 뒤는 구구가 완성했다.

"내가 왜 이 정신 나간 모임에 동참해야 하지?"

"주위를 둘러봐."

구구가 양 날개를 활짝 펼치며 말했다.

"여기서 유일하게 외국 물을 먹어본 건 너뿐이야. 우리가 홍콩에서 미아가 되면 좋겠어?"

♦ ♦ ♦

홍콩에 가기 전, 먼저 해수의 자취방에 들르기로 했다. 여권과 교복 치마 말고는 아무것도 없는 다연을 위해 여행에 필요한 것들을 해수가 챙겨주기로 했다. 자취방은 잠실대교 북쪽, 한강이라고는 물 한 방울도 보이지 않는 대학가에 있었다. 비둘기와 함께 버스를 탈 수 없으니 다 같이 걸어서 가기로 했다. 구구와 프린스가 노란 오리였다면 사람을 따르는 귀여운 존재라고 행인들의 따스한 시선을 받았을지 몰라도, 잰걸음으로 대교의 인도를 차지한 구구와 프린스는 간혹 가다 마주 오는 사람들을 놀라게 했다. 물론 귀여워서 놀란 건 아니고.

"언니, 그래서 알바비는 언제 준대요?"

해수는 대답 대신 고개를 저었다.

"그냥 이제는 이해해보려고."

"누구를? 그 쪼다를?"

가로수 아래 누가 버리고 간 자판기 커피를 홀짝이며 구구가 물었다.

"그 사람도 집에 가면 누군가의 소중한 아빠이자 남편일 거잖아. 근데 달이 뜨는 밤이면 늑대인간이 되는 것처럼, 그냥 점장이 되는 순간에만 못되지는 거로 생각하기로 했어."

"맙소사. 해수 양은 죽으면 몸에서 사리가 나오겠군."

말없이 듣고 있던 프린스마저 쓴 약을 삼킨 것처럼 입맛을 다셨다.

"언니도 언니 엄마한테는 소중한 딸이에요. 남의 딸을 그렇게 대할 권리는 누구한테도 없어요."

다연도 딱 부러지게 말했다.

"그런 인간들이 따로 있어."

구구가 끼어들었다.

"꼭 나이가 들고 이런저런 풍상을 겪어야만 꼰대가 되는 게 아니야. 그냥 그런 인간인 거야. 그 쪼다는 그런 방식으로 주변 사람들을 힘들게 하는 골치 아픈 인간인 거야. 그런 인간을 이해해주지 마. 내 말 무슨 의미인지 알지? 어서 전달해."

해수는 다연이 전한 구구의 말을 듣고 정말 비둘기가 그렇게 말했단 말이야? 하고 중얼거리며 웃었다.

"힘들 때는 이렇게 생각해봐."

비둘기를 향해 안광을 번뜩이는 동네 고양이를 피하며 구구가 말했다.

"'이렇게 힘드니까 나는 뭔가 더 잘할 수 있겠구나.'라고. 그 '뭔가'는 각자 원하는 걸로 채우면 돼."

친구들의 시시한 대화에 낄 수 없는 시간이 그렇게 상처가 될 줄은 몰랐다. 항상 곁에서 격려해주던 '동지'가 사실은 내가 또 부상 당하기를 바란다는 걸 알고 슬퍼졌다. 화가 나지 않고 슬프다는 것이, 더 슬펐다. 구구의 말대로라면 그렇기 때문에 앞으로 더 잘 달릴 수 있을지도 모른다는 건데, 교과서에 나오는 위인들은 도대체 어떤 고통을 돌파했기에 위인 타이틀을 따내고 남의 나라 교과서에도 실린 것일까.

"음, 캡틴 아메리카의 방패 같은 말이네. 멋지다."

이렇게 비둘기의 말에도 꼬박꼬박 리액션을 해주는 착한 언니의 돈을 떼먹다니. 점장은 정말 쪼다가 분명하다.

"난 서울이 싫어."

계속 이 동행이 옳은지 고민하던 프린스가 체념한 듯 입을 열었다.

"서울은 곧 뻥, 하고 터져버릴 거야. 모든 게 서울에 있잖아. 사람도 건물도 집도 불안도 근심도 짜증도 꿈과 희망도 전부……. 하다못해 비둘기도 서울에 제일 많아. 정말 사랑스럽지 않은 도시야."

잠실대교를 건너자 회색 건물들이 넷 앞에 펼쳐졌다.

"하지만 제일 짜증 나는 건 서울을 떠날 수 없다는 거야."

프린스는 요령 좋게 행인들의 발을 피하면서 걸었다. 반면 구구는 인도 한복판으로 떡 하니 걸었다. 피하는 건 인간들의 몫이었다.

"하지만 말이야, 좋은 점도 있다고. 서울에는 163개의 국보, 712개의 보물, 67개소의 사적, 12개의 천연기념물, 41개의 중요민속자료가 있어. 다들 몇 개나 봤어? 서울엔 꽤 좋은 게 많다고."

다연은 예전에 학교 수학여행에서 본 레크레이션 강사를 떠올렸다. 요란한 알로하셔츠를 입은 강사는 번쩍거리는 LED 마이크까지 들고 나타났지만 구구만큼 말을 잘하지는 못했다.

♦♦♦

"좀 좁지만 들어와."

해수는 쑥스럽다는 듯이 말했다. 빈말이 아니라 자취방은 정말 좁았다. 현관문에서 화장실, 싱크대, 침대까지 다연의 긴 다리로 세 발자국이면 전부 닿을 정도였다. 하지만 슬쩍 보아도 정리는 잘 되어 있었다. 다연이 들어온 것만으로도 꽉 차는 작은 집은 어지간히 까다로운 공주가 봐도 만족할 만큼 깔끔했다.

"일단 갈아입을 옷이 좀 필요하겠지? 사이즈가 맞는 게 있을지 모르겠네. 근데 내가 가는 것도 아닌데 자꾸 콧노래가 나온다."

해수는 흥얼거리면서 두 단짜리 옷장 서랍을 열었다. 맨 위 칸에는 티셔츠와 겉옷이, 그 아래 칸에는 속옷과 양말이 들어 있었다. 해수는 속옷과 양말이 든 칸에 깊숙이 손을 넣어 양말을 꺼냈다.

"새로 빤 양말은 뒤쪽에 넣어놓거든. 그래야 매번 같은 양말만 신지 않아서 구멍이 좀 천천히 나."

"알고 있었지만 정말 공평하고도 차별을 모르는 인물이야. 높게 평가하지 않을 수가 없어. 잠실의 마더 테레사라고 부르는 게 어때?"

다연은 구구의 감탄에 피식 웃으면서 고개를 끄덕였다. 그리고 모든 상품이 자기 자리에서 손님의 선택을 기다리는 쾌적한 편의점을 떠올렸다. 예를 들면 핫바도 매운맛은 매운맛끼리, 순한맛은 순한맛끼리, 삼각김밥도 참치마요와 명란마요가 한 팀이고, 제육볶음과 전주비빔이 한 팀이었다. 바다와 육지가 자연스럽고도 평화롭게 나뉘어 있었다.

"화장실도 깨끗해. 은은한 락스 냄새가 상쾌하군."

볼일을 보고 나온 프린스도 한마디 거들었다.

좁아터진 집에 대해 구구와 프린스가 뭐라고 품평을 할까 은근히 기대했지만 둘은 자취방의 규모에 대해서는 한마디도

하지 않았다. 무신경해 보이지만 의외로 이 비둘기들은 남에게 진짜로 상처를 줄 만한 말은 하지 않는다.

"언니가 짐을 챙기는 동안 전 홍콩에 대해서 좀 찾아볼게요."

"거기 있는 노트북으로 해. 대단한 건 아니지만 우리 집 인터넷은 좀 빨라."

다연은 노트북에 검색 화면을 띄웠다. 그리고 '홍콩'이라고 검색어를 입력했다. 구구와 프린스는 흡사 영화 관람이라도 하는 양 노트북 앞에 자리를 잡았다. 다연은 세계 지도를 선택해 모니터가 꽉 차게 띄웠다. 홍콩이 어디 붙어 있는 나라인지도 몰랐는데, 지도를 보니 홍콩과 한국은 바다를 사이에 두고 그다지 멀지 않은 곳에 있었다. 나라와 나라가 뚝 떨어져 있는 게 아니라 지구 위에 끊임없이 이어져 있다는 것이 지도를 보니 확 와 닿았다. 정말 가도 되는 걸까. 엄마도 없이 이 '조합'으로?

"존 레넌이 노래했지. 인생이란 계획을 세우느라 분주한 동안 슬그머니 일어나는 일이라고. 그게 인생이란다."

구구는 자신의 계획대로 되고 있다며 흥얼거렸다.

비둘기 주제에 '인생'을 논하다니 태연한 건지 뻔뻔한 건지 알 수 없다. 하지만 노래 가사처럼 계획대로 인생이 살아지지 않는다면, 앞으로 계획 같은 건 세우지 않아도 되는 걸까. 그러면 초등학교 다닐 때 죽어라 그려서 벽에 붙여놓았던 방학 생활'계획'표는 도대체 뭐를 위한 거였지? 생각해보니 그 생활 계획표대로 지낸 건 방학식 다음 날 뿐이긴 했다.

자취방을 나온 다음에는 근처 대형마트를 향해서 걸었다. 비둘기들을 넣을 새장이 필요했다. 다연은 하늘을 올려다보았다. 선명한 푸른 하늘에 구름이 살랑살랑 떠 있었다. 저 구름이 되고 싶다. 그러면 홍콩까지 편하게 갈 수 있을 텐데.

"아저씨, 하늘을 나는 기분은 어때요?"

"음, 하도 오래돼서 기억이 잘 안 나는데?"

"……."

구구는 그렇게 대답하고 보무도 당당히 마주 오는 행인들을 놀라게 하며 걸어갔다. 열일곱 살 인생에 첫 땡땡이를 치고 첫 해외여행을 가게 되었는데, 함께 길을 나선 것이 고작 비둘기라는 사실에 다시금 실망감이 몰려왔다.

◆◆◆

지하철 승객들은 휴대폰을 들여다보느라 다행히 수건으로 덮은 새장에 별 관심을 보이지 않았다. 이대로 조용히 인천공항까지만 가면 된다. 손잡이를 잡고 선 다연은 앞에 앉아 있는 아저씨를 노려보았다. 아저씨 옆에는 해수가 앉아 있고, 해수의 발 앞에는 구구와 프린스가 든 새장이 있다. 다연은 끈기 있게 아저씨를 노려보았다. 번들거리는 등산복 바지에 등산화를 신고 소형 배낭을 품에 안은 아저씨는 어쩜 저럴 수가 있을까 싶을 정도로 다리를 쩍 벌리고 앉아 있었다. 덕분에 해수는 그 작은 몸을 더 작게 뭉치고 아저씨의 뜨끈한 허벅지에 닿지 않기 위해 갖은 애를 쓰는 중이었다. 하지만 해수가 다리를 오므릴수록 아저씨의 다리는 점점 더 벌어졌다. 일부러 저러는 건가? 다연은 할머니가 이불을 널 때 쓰는 대왕 집게로 아저씨의 다리를 꽉 오므리는 상상을 했다. 큼지막한 에코백 안에 대왕 집게를 가득 넣고 다니면서 다리를 쩍 벌리고 있는 인간들의 다리를 전부 오므려버리고 싶다.

"그만 좀 쳐다봐. 그렇게 째려본다고 부채처럼 활짝 펼친 다리를 오므리겠니?"

구구가 말했다.

조용한 열차 안에 비둘기가 구구, 하는 소리가 피어올랐다. 휴대폰에 코를 박고 있던 승객 한두 명이 고개를 들어 주위를 두리번거렸다.

"두 눈 꽉 감고 허벅지로 밀어버려. 지하철 자리 정도는 사수할 수 있어야 이 험한 세상에서 살아남지."

구룩, 하는 비둘기 소리가 들리자 이번에는 네다섯 명이 고개를 들었다.

술렁술렁술렁. 승객들이 술렁거렸다. 너도 들었지? 설마, 아니겠지, 하는 소리가 다연의 귀까지 들렸다. 다연은 새장을 슬쩍 걷어찼다. 다연과 새장을 번갈아 보던 해수가 어색한 목소리로 말했다.

"……우리 십자매 아기들이 지하철은 처음이라 힘든가 보네."

십자매? 갑작스러운 인생역전에 구구는 한층 신나게 구룩대기 시작했다.

술렁술렁술렁술렁술렁술렁. 승객들이 전부 휴대폰을 내려놓은 채 주위를 두리번거렸다. 다연은 식은땀이 흠뻑 솟은 뒷덜미를 손으로 문질렀다.

잠시 후 지하철이 멈추고 열차 문이 열렸다. 다연은 해수에게 어떻게 할까요? 하는 질문을 눈빛에 담아 보냈다. 하지만 해수는 눈을 깜빡이며 응? 왜? 하는 표정을 지었다. 그러는 동안 열차 문이 닫혔다. 수신 실패다. 다연은 해수 몰래 한숨을 내쉬었다. 하지만 다행히 새로운 승객 덕분에 구룩거리는 소리는 승객들의 관심에서 멀어졌다. 카스텔라 색깔의 시각장애인 안내견과 중년 남자가 열차 간 통로에 섰다. 구구는 새장을 덮은 수건을 슬쩍 걷고 리트리버에 시선을 고정했다. 다연이 발로 새장을 계속 차거나 말거나 구구는 아랑곳하지 않고 입을 열었다.

"특수목적견은 전부 고된 훈련과 선천적인 적성이 요구되지만 시각장애인 안내견은 그중에서도 제일 까다로운 훈련과정을 거치지."

망했다. 다연은 한숨을 쉬었다.

"시각장애인 안내견에게 가장 중요한 덕목은 인내력과 집중력인데, 개의 본능을 생각하면 인내력은 개의 본능에 정면으로 거슬리는 요소라고 할 수 있어."

이제 숫제 대놓고 구룩거리는 살찐 십자매는 본격적으로 안내견에 대한 감상을 늘어놓았다.

"인간으로 치면 그야말로 엘리트 중에 엘리트야. 위급상황이 아니면 절대 짖지 않도록 훈련을 받는다고. 개가 짖는 걸 컨트롤한다는 게 말이 된다고 생각해? 비둘기가 오바이트를 피하지. 아무 생각 없이 주인을 끌고 가는 것처럼 보이지만 엄연히 임무 수행 중이야. 그것도 총력을 다한 임무 수행. 거의 나랑 동급이지. 난 여고생을 무사히 목적지까지 데려다주는 비밀요원이잖아."

일단 다음 역에서 내리는 거야. 다연은 결심했다. 더 이상은 구룩거리는 소리를 들어줄 수 없다. 다리를 쩍 벌리고 앉아 있던 아저씨마저 얌전하게 다리를 오므리고 새장 안을 힐끔거렸다.

"어이, 장님 행세해서 한몫 잡으려고? 다들 속아서 가짜 장님한테 지갑을 열었을지 몰라도 난 안 속아."

다연은 고개를 돌려 잔뜩 흥분한 목소리가 들리는 노약자석을 바라보았다. 개를 데리고 있는 남자를 향해 한 노인이 지팡이를 휘둘렀다. 지팡이 끝이 남자의 코끝을 아슬아슬하게 스쳤다. 그러자 낑 소리 한 번 내지 않고 앉아 있던 리트리버가 자리에서 일어나 남자의 얼굴을 불안한 눈빛으로 올려다보았다. 누가 좀 말려줬으면 좋겠는데. 다연은 초조한 얼굴로 주위를 둘러보았다.

"어디 개새끼를 태웠어. 더러워 죽겠네."

노인은 다시 한번 지팡이를 들어 올렸다. 다연은 노인에게 다가갔다. 정말 싫다. 엄지손가락만 한 바퀴벌레를 휴지로 집어 버릴 때보다 더 싫다.

"그러지 마세요. 안내견은 지하철 타도 되거든요!"

노인은 갑자기 끼어든 다연을 보고 할 말을 잃고 입을 뻐끔거렸다. 하지만 노인은 개를 향해 지팡이를 들어 올렸다. 다연은 개를 끌어안았다. 무서웠을 텐데. 앞이 보이지 않은 주인이 놀랄까 봐 마음대로 무서워하지도 못하는 너. 그 순간 지팡이가 다연의 이마를 스치면서 바닥으로 떨어졌다. 탁. 뜨거운 아픔이 느껴졌다. 해수가 비명을 지르면서 달려왔다. 남자는 비틀비틀 걸으며 승객들을 향해 도움을 요청했다.

"역무원에게 연락해주세요. 부탁드립니다."

구구와 프린스가 알아서 새장을 열고 밖으로 나왔다. 이럴 거면 새장은 뭐 하러 샀는지 모르겠다. 비둘기를 발견한 승객들은 비명을 지르며 다음 칸으로 부산스럽게 이동했다. 누군가는 이 상황을 휴대폰으로 찍었다.

"시민의식하고는. 그럴 시간에 좀 도우라고. 노망난 노인네한테 여고생이 얻어맞고 있잖아. 저런 인간들은 사람이 죽어가도 SNS에 올릴 사진부터 찍을 거야."

프린스가 신경질을 내면서 지팡이를 쥔 노인의 손등을 쪼았다.

"괜찮아?"

구구가 물었다. 다연은 고개를 끄덕였다.

"근데 일단 내려야 할 것 같아. 저기 다음 칸에서 역무원들이 수군거리는데, 손에 든 걸 보니까 목표는 이 노인네가 아니라 우리인 것 같아."

"손에 뭘 들었는데요?"

"대걸레랑 쓰레기 집게."

금요일 저녁의 지하철역 앞은 혼돈 그 자체였다. 사방으로 오가는 사람들과 도시를 꽉 채운 습도 높은 공기. 그곳에 이마에 보라색 혹이 난 여고생과 새파랗게 질린 휴학생, 한몫 잡으려는 가짜 장님으로 오해받은 시각장애인, 그리고 풀 죽은 개 한 마리와 열 받은 비둘기 두 마리가 합세했다.

"미안합니다. 괜히 나 때문에 곤욕을 치렀군요."

남자는 다연을 향해 고개를 숙였다.

"아저씨 때문이 아니에요. 미안해하지 마세요."

"함께 병원으로 가는 게 어떨까요?"

"그건 안 돼요!"

다연은 단호하게 말했다. 안 될 말이다. 엄마가 깨기 전에 공항에 가서 발권부터 해야 한다. 땀이 온몸을 뒤덮었다. 더워서 흘린 땀인지 놀라서 흘린 땀인지 분간할 수 없었다.

"……지금 좀 바빠서요. 저희가 인천공항에 가야 하거든요. 오늘 꼭 가야 할 곳이 있어요."

다연의 말에 잠시 생각하던 남자가 말했다.

"그럼 이렇게 해요."

◆ ◆ ◆

다연은 얼음 봉지를 이마에 갖다 댔다. 이마를 뚫고 나올 지경이던 짜증이 천천히 가라앉았다. 남자의 제안으로 역에서 조금 떨어진 곳에 있는 공원에서 간단하게 응급처치를 했다. 남자는 새장에 든 것이 비둘기라는 걸 알고도 별로 놀라지 않았다. 대신 눈가에 잔잔한 주름을 지으며 한마디 했다.

"아끼고 사랑한다면 무엇이 됐든 반려동물이지요."

유해조수에서 반려동물로 급격히 지위가 격상된 비둘기 두 마리는 해수가 바닥에 흘려준 물을 마셨다.

"마음에 안 들면 자기가 자리를 피하면 되는 일 아니에요? 왜 개를 못살게 굴고 욕을 하는 건지 이해가 안 돼요."

그런 인간들까지 이해하려고 애쓰지 말라니까! 구구가 물을 마시다 말고 외쳤다.

"사람들은 할 말이 없으면 욕을 한다고 볼테르라는 학자가 말했어요."

남자는 손수건으로 움푹 팬 뺨을 훔쳤다.

볼테르가 누군지는 모르지만 맞는 말이다. 다연은 싸우다가 할 말이 없어지면 인터넷에서 주워들은 뜻도 모르는 욕을 하는 애들을 떠올렸다.

"리우올림픽 때 주마라는 이름의 표범이 마스코트로 사랑을 받았지요. 하지만 주마는 성화봉송식이 끝나고 목줄을 벗고 달아나다가 사살됐어요."

2016년 리우올림픽에서 대한민국은 수영과 육상 두 종목에서 메달을 하나도 따지 못했다. 종합 20위권에 든 국가 중에서 수영과 육상에서 메달을 따지 못한 건 한국뿐이었다. 도대체 언제쯤 한국의 스프린터가 트랙에서 두 손을 번쩍 치켜들 수 있을까. 다연은 저 자리야말로 내 자리라고 생각했다. 바로 저 자리. 아직 아무도 밟지 못한 저 자리. 그런데 남자가 올림픽에서 본 것은 한 마리의 표범이었다.

"야생동물을 길들여서 인간들의 축제에 액세서리처럼 쓰다가 죽였습니다. 어떤 사람들에게는 이 개도 그렇게 보일 테죠. 함부로 대해도 상관없는 존재일 뿐이라고."

개가 낑 소리를 내며 남자를 향해 주둥이를 내밀었다. 남자는 천천히 개를 쓰다듬었다. 그리고 다연에게 공항까지 가고도 남을 택시비를 내밀었다.

"혹시 좋아하는 별이 있나요?"

"네?"

좋아하는 치킨 브랜드도 아니고 좋아하는 아이돌도 아니고, 좋아하는 별? 이젠 공항으로 가야 할 시간이다. 왜냐하면 홍콩에 가야 하니까. 휴대폰도 찾아야 하고 아저씨 소원대로 〈첩혈쌍웅〉 오디션도 봐야 하고……. 그런데 명왕성이 떠올랐다.

"명왕성이요."

"좋은 선택이네요. 진정한 고독을 아는 사람이라면 명왕성을 택하지요."

남자의 말이 묘하게 칭찬처럼 느껴졌다.

"하지만 조금 멀어요. 가는 데만 10년이 넘게 걸리지요. 명왕성에 가려면 되도록 빨리 출발하는 게 좋지만 내 나이쯤 돼서 가는 것도 괜찮아요. 지구에서 겪어야 하는 모든 문제를 훌훌 남겨놓고 떠나는 것도 나쁘지 않아요."

남자는 자신의 마른 손을 잡고 매만졌다.

"명왕성은 색이 아주 고와요. 복숭아색과 회색과 짙은 적갈색이 아주 고상하고 조화롭게 어우러져 있죠. 지름은 지구의 20%이고 질량은 고작 0.2%밖에 되지 않아요. 그래서 더 사랑스러운 별입니다."

한때는 한국 육상계를 빛낼 유망주였으나 지금은 그 지위를 잃고 예비 문제아, 예비 학습 부진아 혹은 잘해봐야 별다른 특기가 없는 결손가정의 여고생이 될 위기에 빠진 나. 반면 명왕성은 행성의 지위를 박탈당하고도 여전히 사랑스러운 복숭아색으로 빛나고 있었다. 기특하게도.

남자의 이야기가 사락사락 내리는 눈처럼 다정하게 들렸다.

"난 천문학자였어요. 내 집은 저 우주에 있다고 생각했습니다. 그러느라 내가 발 딛고 있는 지구의 집을 돌보지 않았어요. 누가 사는지 어떻게 사는지."

남자는 고개를 들고 하늘을 올려다보았다.

"그러다가 십 년 전 백내장으로 시력을 잃었어요. 이제야 지구의 삶을 돌아보려고 했는데, 이미 늦었지요."

이번에는 짧게 다듬은 희끗희끗한 머리를 숙였다. 마치 땅에 떨어진 자기 잘못을 신중하게 찾는 사람처럼.

"전 육상선수예요. 지금은 못 달리지만요. 코치 선생님은 이대로 사회에 나가면 루저가 된대요. 주사만 맞으면 대회 우승도 할 수 있는데 뭘 고민하는지 모르겠대요."

다연은 왼쪽 발목을 돌려보았다. 지금은 전혀 아프지 않다. 하지만 아침에 눈을 떠 밤이 되어 눈을 감을 때까지, 마음의 고통은 아무 때나 마구 찾아왔다.

"우주를 여행하면 뼈가 약해지지요. 지구에 돌아와서도 처음에는 걷는 것조차 방금 태어난 기린처럼 어설퍼져요."

남자는 보이지 않는 눈으로 소녀를 응시했다.

"힘든 일이 생기면 우주여행을 했기 때문이라고 생각해보세요. 우주여행을 하면 지독한 후유증이 있으니 그걸 극복하는 중이라고 생각하면 좀 나아질 겁니다. 이 친구 이름은 토토예요. 〈오즈의 마법사〉에서 도로시가 키우는 강아지 이름에서 따왔지요. 곧 여행을 떠날 거라고 했죠?"

다연은 자신 없게 고개를 끄덕였다. 도로시는 노란 벽돌길을 따라가다가 허수아비, 양철 나무꾼, 사자를 만나 에메랄드 시로 향했다. 이래저래 허약한 3인방이지만…… 그래도 비둘기보다는 나았겠지.

"북쪽 마녀 글린다는 도로시에게 이렇게 말해요. 긴 여행이 될 거예요. 가끔은 상쾌하고 가끔은 무섭고 어두운 곳을 지나게 되겠죠. 하지만 내가 아는 마법을 모두 동원해서 당신이 해를 당하지 않도록 해줄게요, 하고."

남자의 주름진 입가에 미소가 떠올랐다.

"난 마법은 부릴 수 없지만, 원하는 걸 이루고 무사히 집으로 돌아갈 수 있길 진심으로 바랄게요."

공항에 막 도착하자마자 해수에게 전화가 걸려왔다. 고용노동부였다. 처음에는 금요일 저녁에 공무원이 전화한 것이 수상해서 혹시 보이스피싱이 아닌지 의심했다. 물론 이 지극히 합리적인 의심은 구구의 머리통에서 나왔다.

"저도 여기서 근무하기 전에 아르바이트를 해서 학비를 벌었습니다. 편의점에서 일한 적도 있어요. 오해수 씨처럼 급여를 받지 못한 적도 있고요."

"그래서 점장들에게 복수하려고 고용노동부 공무원이 된 건가?"

구구가 다연의 발밑에서 중얼거렸다.

남자는 신고 접수서를 읽고 하도 열이 받아서 퇴근 후이지만 처리하게 되었다고 말했다. 이 모든 이야기를 인천공항 출국장 앞 의자에서 다 같이 스피커폰으로 들었다. 해수는 휴대폰을 향해 공손하게 머리를 숙였다.

"받지 못한 임금은 꼭 받을 수 있으니 월요일 아침에 저희 쪽으로 오세요. 우선 필요한 건 임금 체불 진정서뿐이니 걱정하지 마시고요."

끝으로 남자는 지루한 투쟁이 될 수도 있으니 마음 단단히 먹고 절대 주눅 들지 말고 힘내라는 말을 덧붙였다. 그리고 통화는 종료되었다.

"언니, 축하해요."

해수는 울컥한 표정으로 고개를 끄덕였다.

"구구 덕분이야. 고맙다고 꼭 전해줘."

그렇지 않아도 통화 내내 의기양양한 표정이던 구구는 숫제 알렉산더 대왕이라도 된 양 가슴팍을 있는 힘껏 부풀렸다. 해수는 다연의 손을 잡았다. 다연은 자신의 손등 위에 포개진 해수의 손을 보았다. 언니는 손도 작네.

"잠깐이나마 복잡한 일들을 잊을 수 있어서 즐거웠어. 휴대폰도 꼭 찾을 수 있을 거야."

"영화 출연도 할 수 있을 거라고 빨랑 말해줘. 뭔가 재수가 좋아진 사람에게 그런 말을 듣고 싶다고."

구구가 냉큼 끼어들었다.

해수는 두 비둘기에게도 마더 테레사처럼 공평하게 축복을 내려주었다. 그리고 다연에게 신용카드를 내밀었다.

"해외에서도 사용할 수 있는 카드야. 급한 일 생기면 망설이지 말고 써."

이제 정말로 혼자 홍콩으로 떠난다는 사실이 실감 난다. 물론 비둘기 두 마리도 함께이지만 이 아저씨들은 신용카드를 빌려줄 수도, 택시를 잡아줄 수도 없잖아!

"언니, 고마워요. 홍콩에 도착하면 언니 카드로 음료수 사 먹을게요. 문자가 오면 그때 우리 엄마한테 연락해주세요."

공항으로 가는 택시 안에서 그렇게 약속했다. 홍콩 도착 신호는 해수가 받게 될 신용카드 사용문자. 한국으로 돌아오는 비행기는 8월 24일 일요일 자정에 출발한다. 그때까지 휴대폰을 찾지 못하면 얌전하게 집으로 돌아갈 생각이다. 두 사람의 치밀한 계획에 비둘기들은 감탄했다. 발목에 편지를 매다는 일 같은 낭만적이고 실패 확률이 높은 방법보다는 문명의 이기를 제대로 활용하는 모습이 놀랍다며 둘은 모처럼 죽이 맞아서 쑥덕거렸다.

"이번 홍콩행의 가장 큰 조력자는 해수 양이야. 비록 백수지만 물주로서의 역할을 아주 잘 수행해줬어."

구구가 아파트 현관문을 열 듯 새장 문을 열고 들어가며 말했다. 프린스도 구구를 따라 들어갔다. 다연은 수건으로 새장을 덮었다. 육상 선수로서 계절과 날씨를 가리지 않고 종일 달릴 수 있지만 억울하고 분한 일이 생겼을 때 언니처럼 차분하게 받아들일 수 있을지는 모르겠다. 솔직히 자신 없다.

"그런데 말이야, 최후의 만찬은 없는지 우리 물주한테 좀 물어봐 줘."

어휴, 진짜. 하지만 다연도 배가 고팠다.

"마지막 식사는 역시 늘 먹던 게 좋겠는데. 홍콩에 가면 당분간 한국 음식을 못 먹잖아."

구구의 주문은 확실했다.

해수는 염치도 없이 배가 고픈 두 비둘기와 다연을 위해 삼각김밥과 핫바를 사 왔다. 다연은 한입 가득 핫바를 입에 넣고 씹었다. 배가 차자 그제야 거대한 공항 내부가 눈에 들어왔다.

다양한 음식점과 크고 작은 상점들이 모여 있는 공항은 그 자체로 작은 도시 같다. 새 옷과 새 가방을 걸친 사람들, 햇볕에 그을린 얼굴의 외국인들, 우리처럼 뭔가를 나눠 먹는 사람들. 이 사람들도 전부 뭔가를 위해 떠나는 거겠지. 그렇게 생각하니 한 번도 본 적 없는 저 사람들이 마치 동지처럼 느껴진다. 혼자든 함께든 떠날 수밖에 없다는 점에서 공항에 있는 사람들의 마음은 전부 비슷할 것이다.

만찬을 마치고 공항버스가 줄지어 들어오는 정류장으로 향했다.

"지하철 타고 가면 되는데. 공항버스는 비싸잖아."

해수가 손에 쥔 버스 티켓을 만지작거리며 말했다.

"이 정도 호사는 누릴 자격이 충분해."

마치 구구가 버스비를 낸 듯 거만을 떨고 있지만, 사실 이 돈은 지하철에서 만난 천문학자 아저씨가 준 돈이다.

"언니, 괜찮아요. 택시비 내고도 꽤 남았어요. 오늘 엄청 피곤했을 텐데 집까지 편하게 가면 좋잖아요."

"그래. 피로도만 따지자면 이미 한 번 해외에 나갔다 온 기분이야. 아직 출발도 안 했다는 게 믿어지지 않는다."

프린스는 부리가 찢어져라, 하품을 했다.

"에잇, 기분이다. 그러지 뭐."

해수는 웃으면서 다연이 매고 있는 배낭 밑바닥을 살짝 들어 올렸다. 혹시 무겁지 않나 확인하는 손길로.

"언니, 버스 들어와요."

해수는 버스에 오르면서도 다연과 계속 눈을 맞췄다. 잘 갔다 와, 걱정하지 마, 잘 될 거야, 우리 다시 한강에서 보는 거야. 자리에 앉을 때까지 해수의 눈은 그렇게 끊임없이 다연에게 말을 걸었다. 승객과 짐을 전부 실은 공항버스가 천천히 출발했다.

"이젠 진짜 혼자네."

버스가 떠나고 다연은 중얼거렸다.

"땡! 틀렸습니다."

굳이 인도에 서서 캐리어 바퀴를 요리조리 피하던 구구가 말했다.

"당신은 혼자가 아닙니다."

……차라리 혼자였으면 좋았을 텐데. 다연은 항공사 카운터 앞에서 고개를 푹 숙였다. 사무적인 표정의 직원은 야생조류는 비행기에 태울 수 없다고 간단하게 통보했다.

"이 비둘기들은 야생의 새가 아니라 제 반려……동물이에요."

"……."

다연의 항변에도 직원은 고개를 흔들면서 보딩패스에 적힌 출발 시각과 탑승구 넘버에 색연필로 동그라미를 쳤다.

"저기, 정말로 안 되는 거예요?"

"가정에서 키우는 개나 고양이도 비행기에 태우려면 절차가 상당히 복잡해. 예방주사도 맞아야 하고 건강 증명서와 수입허가서도 발급받아야 해. 그리고 홍콩에 조류 반입이 되는지는 알아봤니? 아니, 그보다 왜 비둘기가 비행기를 타야 하는 건지 이해를 못 하겠네."

왜냐하면 이 비둘기는 10m밖에 못 날거든요, 차마 이렇게 말할 수는 없다.

"무슨 방법 없을까요? 꼭 데리고 가야 하는데."

직원은 다연을 힐끔 보고 모니터로 눈을 돌렸다.

"사실은 홍콩에 있는 아빠를 만나러 가는 길이에요. 부모님이 이혼하셔서 따로 살고 있거든요."

반은 거짓말이고 반은 사실이다.

"이 비둘기들은 아빠랑 같이 키우던 애들이에요. 그런데 하늘로 그냥 날려 보냈다가 홍콩에 못 올 수도 있잖아요. 아빠와의 추억을 간직한 소중한 아이들인데. 그래서 꼭 같이 비행기를 타야 해요."

거짓말을 했는데도 별로 심장 박동이 올라가지 않는다. 어릴 때는 거짓말을 하면 심장이 터질 것처럼 뛰었는데. 이런 식으로라면 어른이 되면 아무런 양심의 가책도 없이 거짓말을 막 할 수 있을 것이다. 직원은 고개를 설레설레 흔들며 보딩패스를 내밀었다.

"21시에 출발하는 홍콩행 비행기를 타려면 지금 입국장으로 들어가야 해. 30분밖에 안 남았어. 지금도 늦었어. 지금 안 들어가면 비행기 놓친다. 홍콩에 갈 거니, 말 거니?"

◆◆◆

다연은 깊이 숨을 들이마셨다가 처음 와본 낯선 동네의 하늘을 향해 뱉어냈다. 그리고 방금 빠져나온 화려한 공항 건물을 바라보았다. 공항에 와서 엄마가 알아채기 전에 비행기 표만 발권하면 모든 일이 해결될 줄 알았는데. 다연은 수없이 뜨고 내리는 비행기들을 초조하게 바라보았다.

"설마, 아니지?"

구구가 말했다.

"……뭐가요?"

다연은 다 쓴 치약 튜브를 짜내듯 억지로 대답했다.

"날 버리고 혼자 홍콩에 갈 거야?"

"모르겠어요. 지금은 아무 생각도 안 나요."

"잘됐네. 어차피 말도 안 되는 계획이었어. 돌아가자고. 너도 가족들 놀라게 하지 말고 집에 가."

프린스가 한결 가벼워진 목소리로 말했다.

여기까지 어떻게 왔는데. 심장이 울컥울컥 불규칙하게 뛰었다. 온몸의 피가 머리부터 발끝까지 미친 듯이 질주했다. 그리고 혹이 난 이마와 왼쪽 발목이 동시에 욱신거렸다. 보통, 선택의 갈림길이라는 건 양쪽에 선택지가 있다는 건데 이대로 다시 공항으로 돌아가 혼자 비행기를 타는 것 말고 다른 쪽에는 무슨 선택지가 있는지 모르겠다.

"우린 핫바를 나눠 먹은 사이야. 거의 피를 나눈 것과 동급이라고. 인간과 비둘기가 평화롭게 핫바를 나눠 먹은 역사적인 순간을 잊었어?"

"……."

구구의 애절한 웅변은 절정을 향해 치달았다. 프린스는 애쓴다는 표정으로 이 사태를 느긋하게 관망했다.

"……안 잊었어요."

"그럼 뭘 고민하는 거야?"

"비행기를 못 타면 도대체 어떻게 홍콩에 가요?"

"그럼 날 버리지 않을 거지? 확실히 말해줘. 남자는 확실하게 말해야 알아듣는다고."

다연은 지끈거리는 관자놀이를 꾹 누르며 고개를 끄덕였다.

"홍콩까지 편하게 가는 건 물 건너갔군."

프린스가 기지개를 켜듯 날개를 쫙 펼치며 말했다.

"방법이 있을 거야. 보통 영화에서 보면 이럴 때 우리를 도와줄 인연을 우연히 만나잖아."

구구는 공항 주차장에 있는 쓰레기통을 향해 걸어갔다.

"이 와중에 간식이라도 찾는 거예요?"

"길거리 쓰레기통은 인간 세상으로 치면 사거리에 있는 카페 같은 곳이야. 볼일이 있든 없든 다들 여기로 모이게 되어 있다는 뜻이지."

구구는 자신 있게 말하고 쓰레기통 옆에 버려진 3분의 1쯤 남은 아이스 아메리카노를 발로 툭 쳤다. 커피가 잔디밭으로 쏟아졌다. 그 순간, 그게 무슨 신호라도 되는 듯 큼지막한 괭이갈매기가 쓰레기통 근처로 날아왔다.

"보아하니 이 동네 토박이 같은데 뭐 좀 물어도 될까?"

구구가 말을 걸자 커피에 관심을 보이던 괭이갈매기가 고개를 들었다. 머리와 몸통은 눈처럼 희고, 등과 날개는 잿빛으로 중후해 보이는 괭이갈매기였다. 무게감 있는 외모와 어울리지 않게 부리 끝은 립스틱을 칠한 것처럼 붉었다.

"우리가 홍콩에 가야 하는 데 말이야, 비행기 말고 어떤 방법이 있을까? 참고로 인원은 비둘기 둘이랑 여고생 하나."

괭이갈매기는 관제탑에서 날리는 조류 퇴치 드론을 피해 휴식 차 공항 주차장에 들른 참이었다. 그는 초면인데도 붙임성 있게 말을 거는 비둘기에게 짧게 대꾸했다.

"인천항 컨테이너 터미널."

"화물선을 타고 가라고? 뱃멀미는 최악인데."

프린스가 투덜거렸다.

"거기 가면 세계 곳곳으로 향하는 배들이 수없이 많아. 비둘기라면 아무거나 타고 원하는 곳으로 갈 수 있어. 인간은 모르겠지만."

괭이갈매기는 무표정한 노란 눈으로 다연을 응시했다.

"그것참 반가운 소리네."

구구가 태평스럽게 대꾸했다.

"너희가 홍콩행 선박을 찾을 수나 있다면 반가운 소리겠지."

괭이갈매기는 한 마디를 덧붙이고 녹슨 쓰레기통 속으로 머리를 처박았다. 그리고 더는 물어도 대답을 해주지 않겠다는 의지를 담아 맹렬하게 쓰레기통을 뒤지기 시작했다.

괭이갈매기의 조언은 얄밉도록 적중했다. 다연은 엄청난 수의 선박을 보고 할 말을 잃었다. 배를 선미부터 꼬리까지 보려면 전력 질주를 해도 시원찮을 만큼 커다란 배들이 가득했다. 한강에서 본 유람선만 한 배를 상상했는데, 그런 배가 여기 끼어 있다가는 고등학교 교실에 잘못 들어온 유치원생 취급을 당할 것이다. 그리고 학교 건물만 한 높이의 컨테이너들이 장벽처럼 쌓여 있었다. 무엇이 들었는지 전부 어디로 가는지 정체도 행선지도 겉으로 봐서는 알 수가 없다.

미지근한 밤바람이 뺨을 스쳤다. 이젠 정말 집으로 돌아가야 하는 걸까. 갑자기 재수 없는 담임이 떠오른다. 플라스틱 자와 까만 출석부를 옆구리에 끼고 늘 누군가의 약점을 찾는 눈을 하고 있는 담임. 담임?

"……출석부."

"뭐?"

다연의 혼잣말을 듣고 구구가 되물었다.

"어딘가에 출석부가 있을 거예요."

선박마다 목적지와 싣게 될 짐이 정해져 있다면, 그건 어딘가에 정리가 되어 있을 게 분명했다. 그렇지 않고는 이 많은 배가 제때 출항을 할 리 없다. 배의 이름과 목적지를 적어놓은 출석부 같은 게 존재한다면 그건 어디에 있을까.

"저길 봐."

구구가 한 건물을 가리켰다. 밋밋한 건물 벽에 '인천항 출항 사무소'라고 커다랗게 쓰여 있었다. 다연은 주먹을 꽉 쥐었다.

"그래, 저기야!"

환한 조명이 글씨 밑을 비추고 있어 출항사무소는 마치 바다 위의 등대처럼 번쩍거렸다.

"존 레넌이 노래했지. 인생이란 계획을 세우느라 분주한 동안 슬그머니 일어나는 일이라고. 그게 인생이란다."

하지만 노래 가사처럼 계획대로 인생이 살아지지 않는다면, 앞으로 계획 같은 건 세우지 않아도 되는 걸까. 그러면 초등학교 다닐 때 죽어라 그려서 벽에 붙여놓았던 방학 생활'계획'표는 도대체 뭐를 위한 거였지?
생각해보니 그 생활 계획표대로 지낸 건 방학식 다음 날뿐이긴 했다.

7

새벽을 지나 바다를 건너

달리기는 공기를 오염시키지 않는다. 그저 땀에 전 운동복을 생산할 뿐. 잘 마른 운동복에서는 소금가루가 푸실푸실 떨어진다. 그런데 이곳에는 그런 옷들이 약 100벌 정도 쌓여 있는 냄새가 난다. 다연은 세탁실에 난 손바닥만 한 창으로 밖을 내다보았다. 배 안의 세탁실은 수영장 탈의실에 있는 길쭉한 사물함 3개를 합친 것 정도의 크기였다. 그 안에 낡은 세탁기와 땀 냄새에 전 옷들이 꽉꽉 들어차 있었다. 다연과 비둘기들은 그곳에 몸을 숨겼다.

구구는 인천항 출항사무소에서 엑셀로 뽑아 놓은 출항 일정

표를 발견했다. 다들 단체로 야식이라도 먹으러 나갔는지 출항사무소는 비어 있었다. 구구는 15분 뒤인 22시에 빨갛고 노란 파프리카를 실은 중형 선박 '왜가리 3호'가 홍콩항을 향해 떠난다는 사실을 알아냈다. 왜가리 3호가 어디 처박혀 있는지는 프린스가 찾아냈다. 왜가리 3호는 고등학생 형들 사이에 낀 중학교 1학년 정도의 크기였다.

온몸이 땀으로 젖어 머리부터 발끝까지 빠짐없이 열을 내뿜었다. 마신 물은 전부 땀으로 나갔는지 오줌도 마렵지 않았다. 열기와 땀. 마치 전력을 다해 달리고 난 다음 같다. 머리칼은 뺨에 달라붙어 있고 긴장감과 더위에 절여 있지만, 기분은 그리 나쁘지 않다. 어쨌거나 홍콩으로 가는 배를 탔다.

"냄새 때문에 미칠 것 같아."

구구가 원래 무슨 색깔이었는지 짐작조차 되지 않는 양말 더미 위에서 소리쳤다.

"도대체 언제까지 이렇게 버텨야 해?"

프린스도 잔뜩 쉰 목소리로 말했다.

"배가 떠날 때까지 절대로 들키면 안 돼요. 아무 소리도 내지 마세요."

세탁실 아이디어를 낸 건 다연이었다. 왜가리 3호의 가장 안쪽에 있는 데다가 냄새나는 빨래가 쌓여 있는 이곳에 사람들이 관심을 가질 확률이 가장 낮아 보였다.

"그래도 이건 좀 심하네. 잘못하다가는 홍콩 가기 전에 질식사하겠어."

더러움과 악취에 가장 강할 것 같은 구구가 의외로 계속 투덜거렸다.

하품이 나왔다. 다연은 눈을 감았다. 생각해보니 오늘 제대로 자지 못했다. 아빠를 만나고 돌아와 밤새 잠을 이루지 못하다가 새벽에 엄마를 만나러 갔다가 그대로 학교에 갔다. 그마저도 지각이었고 휴대폰까지 잃어버렸다. 냄새 나는 세탁물 속에서 그제야 하루의 피로와 잠이 몰려왔다. 잠은 고양이 같다. 오라고 하면 오지 않고, 부르지 않을 때는 잘도 찾아온다. 지금 잠들면 안 돼. 다연은 눈꺼풀을 들어 올렸다. 하지만 핑크 젤리같이 보드라운 고양이 발바닥이 야옹거리며 자꾸 눈이 감긴다. 자도 된다옹. 비둘기들도 지쳤는지 잠잠했다. 더 이상 땀 냄새도 나지 않는다.

톡톡. 누군가 조심스러운 손길로 다연의 볼을 쳤다. 다연은 억지로 눈꺼풀을 밀어 올렸다. 눈앞에는 사자도 때려잡을 수 있을 것 같은 위풍당당한 풍채의 여자가 서 있었다. 다연은 소리를 지르며 옆이며 뒤가 꽉 막힌 세탁실 안에서 버둥거렸다. 아차. 그러다가 발밑에 있는 골칫덩이 둘을 밟을까 봐 요란하게 양발을 들었다 내려놨다. 여자는 팔짱을 끼고 차분하게 그 모습을 지켜보았다.

"시노 카?"

"네?"

여자가 뭐라고 말하는지 모르겠다. 시노 카? 끝 음이 올라간 것으로 봐서 뭔가를 묻는 것 같다. 다연은 손가락을 가슴팍에 댔다. 저요? 하는 느낌으로. 여자는 고개를 끄덕였다.

"넌 누구냐고 묻는 것 같아. 우린 도둑도 아니고 강도도 아니라고 해."

모처럼 구구와 생각이 통했다.

"꾀죄죄한 여자애랑 비둘기가 강도로 보이겠어요?"

하지만 도둑으로 보일지는 모른다. 마침 다연의 품에는 놀라서 껴안은 빨래가 잔뜩이었다. 다연은 재빨리 빨래를 내려놓고 고개를 세차게 저었다.

"가지고 가려는 게 아니라, 저희는 그냥…… 아니, 저는 이 배가 홍콩에 간다고 해서 탔어요. 제발 부탁드릴게요. 내리라고만 하지 말아주세요. 멋대로 배에 탄 건 정말 죄송해요. 근데 제가 꼭 오늘 홍콩에 가야 해요."

외국 사람한테 이런 설명이 다 무슨 소용이람. 다연은 울상을 지었다.

"한국 아이구나?"

또렷한 발음의 한국말로 여자가 말했다.

"홍콩에 가야 한다고? 왜?"

여자는 고개를 갸우뚱 기울이고 다연을 빤히 쳐다봤다. 여자의 얼굴과 목은 거칠고 붉지만 살짝 드러난 쇄골은 보드라워 보이는 살구색이었다.

"제가 휴대폰을 잃어버렸는데 거기 가족사진이 들어 있어요. 그거 말고도 중요한 게 있는데, 아무튼 저는 꼭 휴대폰을 찾아야 하거든요. 그런데 홍콩 공장으로 분실 휴대폰들이 모인다고 그래서……."

다연은 고개를 푹 숙였다. 말을 하면 할수록 기운이 빠졌다. 다 포기하고 풍만해 보이는 저 아줌마의 품에 기대어 그냥 자버리고 싶다.

"용감하네."

여자는 빙긋 웃었다.

"……네?"

"배는 제대로 골랐어. 지금은 토요일 새벽 1시야. 배는 일요일 새벽 4시에 홍콩항에 도착해서 파프리카를 내리고 다시 한국으로 돌아가."

"배에서 내리라고 하지 않으실 거예요?"

여자는 어깨를 으쓱 올렸다 내렸다.

"홍콩에 가야 한다며. 너 하나 더 탄다고 이 배가 가라앉겠니? 널 보면 시비를 걸 인간이 하나 있는데, 그 인간만 요리하면 문제는 없을 거야. 내 말을 그 인간이 얼마나 믿어줄지 모르지만. 난 안젤리카야. 편하게 안젤리카 아줌마라고 불러."

"네……. 고맙습니다!"

다연은 허리를 90도로 접으며 인사했다. 설마 지금 꿈꾸고 있는 건 아니겠지. 다연은 슬쩍 겨드랑이 안쪽 살을 꼬집었다. 엄청 아파!

안젤리카는 발밑의 비둘기를 힐끗 보고 발을 들어 바닥을 내리쳤다. 낡은 바닥 판자에서 쾅 소리가 났다. 구구와 프린스는 안젤리카를 피해 배 난간에 올라섰다. 안젤리카가 이번에는 팔을 휘저었다. 구구와 프린스는 폴짝 뛰어서 한 1m쯤 옆으로 이동했다.

"널 좋아하는 애들인가 보지? 너의 새?"

"빨리 그렇다고 해!"

구구가 소리를 질렀다.

"네가 우릴 모르는 척하면 우린 저 아줌마 손에 통닭구이가 될 거야."

정말 높은 확률로 그렇게 될 것 같다. 다연은 재빨리 고개를 끄덕였다.

"아쉽네……. 피전은 올리브유에 볶으면 좋은 요리가 되는데."

♦ ♦ ♦

꿈은 편리하다. 방금 트랙 중간에서 넘어진 내가 다시 출발선 앞에 서 있다. 하지만 또 넘어지고 또다시 출발선으로 돌아온다. 그러면 또 넘어지고, 넘어지고……. 다연은 눈앞에 뿌옇게 흐려지는 것을 억지로 떨쳐내고 눈을 떴다. 눈을 뜨니 안젤리카는 이미 일어나 있었다. 그녀의 선실은 가로와 세로가 채 3m 정도밖에 되지 않았다. 하지만 그 공간 안에 어찌어찌 세면대와 옷장, 의자까지 하나 있었다. 다연은 안젤리카의 침대 바로 아래에서 낡았지만 청결한 냄새가 나는 누비이불을 끌어안고 잤다. 구구와 프린스는 특별히 문 바로 아래 신문지 위에서 잘 수 있었다. 식재료에서 반려동물로 인정받았다며 구구는 감격해했다.

"낯선 데서도 잘 자는구나. 애들의 특권이지."

안젤리카는 다연에게 조리복 한 벌을 내밀었다. 그리고 담배를 멋들어지게 피면서 다연이 옷을 갈아입는 것을 지켜보았다.

"내가 입으면 껍질을 깎은 순무처럼 보이는데, 네가 입으니까 날씬한 우엉 같구나."

다연은 세면대 위에 달린 거울을 보았다. 빳빳하게 세탁된 조리복은 잘 맞았다. 체육복은 잘 말아서 배낭 속에 넣었다. 그리고 교복 치마, 여권, 지갑이 제대로 있는지 확인했다. 해수가 챙겨준 양말과 갈아입을 옷도 잘 있었다.

"그걸 입으면 선원들이 네게 관심을 덜 가질 거야. 겁도 없이 몰래 배를 탔으니 홍콩에 도착할 때까지 의심을 사지 않는 게 중요해. 혹시 영어 이름 있니?"

구구가 냉큼 의견을 냈다.

"제니라고 해, 제니."

뭐, 그것도 나쁘지 않은 것 같다.

"제니예요."

지금 이 시각부터 홍콩항에 도착할 때까지 '제니'가 된 다연은 안젤리카를 따라 주방으로 이동했다. 안젤리카는 엄마보다는 나이가 많은 것 같고 할머니보다는 많지 않아 보였다. 그녀는 주름 잡힌 손으로 찬장에서 종이로 싼 빵을 꺼냈다.

"일단 이걸 먹어. 제대로 된 식사는 이따가 선원들이 밥을 먹은 다음에 줄게. 부족하면 말하고."

"아, 네……."

다리가 후들후들 떨릴 정도로 배가 고프지만 선뜻 커다란 모닝빵처럼 생긴 낯선 음식을 입에 넣기가 겁난다. 혹시라도 빵에 이상한 게 들어 있지는 않을까. 수면제, 마약 같은 무서운 단어가 머리를 맴돌았다. 머리는 열심히 경고음을 울리는데 눈치 없게 침이 줄줄 나왔다. 다연이 머뭇거리자 안젤리카는 빵을 뜯어 입에 넣었다.

"판데살이야. 소금빵이라는 뜻이지. 필리핀 사람들이 밥처럼 먹는 빵이야."

"이럴 때는 기미상궁이 나서야지. 죽더라도 내가 죽는 게 낫잖아?"

구구가 나서서 냉큼 빵을 쪼았다.

"오, 맛있는데? 담백하고 고소해."

다연도 판데살을 뜯어 입에 넣었다. 부드럽다. 마치 식빵을 뭉쳐서 입에 넣은 듯 연한 구수함이 입안에 퍼졌다. 다연은 순식간에 큼지막한 빵 하나를 해치웠다.

"지금부터 넌 주방보조 제니야. 얼굴이 까무잡잡해서 필리핀 사람이라고 해도 믿겠어. 누군가 말을 시키면 그냥 고개를 끄덕여. 어차피 밥은 언제 먹냐, 간식은 뭐냐, 이런 것만 물을 테니까."

주방을 나와 이번에는 선원들의 선실이 모여 있는 배 뒤쪽으로 향했다. 다연은 커다랗고 가벼운 나무 바구니를 들고 안젤리카를 따라갔다. 안젤리카는 선실을 열고 침대와 바닥에 아무렇게나 던져진 수건을 집어 바구니에 넣었다. 빨랫감이 바구니에 떨어질 때마다 쾨쾨한 냄새가 코를 찔렀다. 선실은 전부 텅 비어 있었다.

"선원들은 어디에 있어요?"

"아침에는 모여서 인원 점검을 하고 선박 정비를 해. 다들 배 앞쪽에 있어."

다연은 고개를 끄덕였다. 단단히 일러놓은 탓에 구구는 선실을 쑤시고 다니거나 먹을 것을 보고 마구 달려들지 않았다. 안젤리카가 침대 정비를 하는 동안 다연은 바닥에 앉았다. 흔들리는 배에서 계속 돌아다니며 일을 하는 건 생각보다 힘들었다. 운동과 노동은 다른 거구나. 운동장 한 바퀴도 끝까지 달리지 못하는 엄마가 밤새 병원에서 일하는 거랑 비슷한 건가.

"아저씨, 근데 왜 제니예요?"

안젤리카의 눈치를 보며 낮은 목소리로 구구에게 물었다.

"몰랐어? 〈첩혈쌍웅〉 여자주인공 이름이잖아."

알게 뭐람. 그 영화는 본 적도 없는데. 하도 이야기를 많이 들어서 마치 본 것 같지만.

“제니는 눈이 멀지. 아냐, 죽던가? 눈이 먼 다음 죽던가?”

멀미 때문에 하얀 얼굴이 더 하얗게 질린 프린스가 말했다.

죽는다고? 죽는 여자 이름을 나한테 줬다고?

“안 죽어.”

“거의 죽을 지경에 처하지. 애초에 눈이 먼 것도 주윤발 때문이잖아.”

“따거는 그녀의 수술비를 벌기 위해 목숨을 걸었어.”

“어차피 그래놓고는 수술비도 못 주고 죽잖아.”

앉아 있는 다연과 티격태격하는 비둘기들 위로 갑작스레 그늘이 졌다. 다연은 고개를 들었다.

“넌 뭐야? 누군데 여기 자빠져 앉아 있는 거야?”

“……!”

야구 모자를 쓴 깊게 내려쓴 남자가 말했다. 남자의 모자는 땀 때문에 원래 색깔을 잃어버리고 시커멓게 변해 있었다. 다연은 주춤주춤 일어났다. 키가 작은 남자는 녹슨 빛깔이 감도는 검은색 티셔츠를 손으로 펄럭이며 다연을 아래위로 쭉 훑었다. 그러는 동안 안젤리카가 선실에서 나왔다.

“나 무시해? 나한테 상의도 없이 네 멋대로 인원을 늘려? 밥줄 끊기고 싶어?”

"왜 이렇게 성부터 내. 내 말 들어봐. 난 이제 나이가 들어서 조금만 일해도 손목이 아파. 하지만 일은 줄지가 않잖아. 그래서 이 아이를 쓰는 거야."

안젤리카는 담배를 피워 물었다. 다연은 배에 힘을 꽉 주고 남자를 바라보았다. 내 곁에는 아줌마가 있다. 미덥지 않지만 공격 태세를 갖추고 있는 비둘기들도 있고.

"그건 네 사정이고. 내 알 바 아니잖아."

"물론 그렇지. 하지만 내가 아니면 당신도 무척 아쉬울 텐데. 안 그래? 혼자 서른 명의 식사와 세탁, 선실 청소까지 다 하는 여잘 어디서 구하겠어."

안젤리카는 담배 연기를 토해내면서 당당하게 남자를 응시했다.

"이 아이를 눈감아주면 이번 달 내가 받을 급료의 절반을 줄게. 내가 얼마 받는지는 당신이 더 잘 알겠지. 설명 더 필요해?"

"……."

남자는 더러운 모자를 벗어 손바닥으로 탁탁 쳤다. 나름대로 동의의 표시였다. 땀내와 곰팡내가 희미하게 느껴졌다. 남자가 눈을 가늘게 뜨고 다연을 응시했다. 몇 가지 질문을 품고 있는 매서운 눈, 집요해 보이는 짙은 눈썹, 옹색해 보이는 뺨.

다연은 그의 시선을 이기지 못하고 고개를 숙였다.

다연은 생닭을 손질하는 안젤리카 옆에 섰다. 구구와 프린스는 공포 영화가 따로 없다며 조리실 밖에서 몸서리를 쳤다. 할머니가 자주 삼계탕을 끓여주지만 요리가 되기 이전의 생닭을 자세히 보는 건 처음이었다.

"이건 내가 할 테니까 너는 야채를 씻어."

안젤리카가 턱으로 종이 박스에 든 당근과 호박을 가리켰다. 다연은 마트에서 보던 것과는 사뭇 다르게 생긴 당근과 호박을 씻었다. 낯선 모양, 낯선 촉감에 손이 자꾸 물속에서 미끄러졌다. 주방은 크고 습했다. 창백한 형광등이 층층이 쌓여 있는 식재료와 박스들을 비췄다. 안젤리카는 생닭 다듬기가 끝나자 커다란 솥에 닭과 양파, 대파를 넣고 삶기 시작했다. 그리고 기름에 찌든 묵직한 프라이팬을 꺼내 미끈거리는 생선 몇 마리를 올렸다.

"선원들은 항상 배가 고파. 고기든 생선이든 뭐든 많이 줘야 해."

이번에는 냉장고를 열고 냄비째 담긴 무언가를 꺼냈다.

"이건 선원들에게는 주지 않는 음식이야. 한국인 항해사와 갑판장에게만 나가."

안젤리카가 꺼낸 것은 흡사 갈비탕 같아 보이는 고깃국이었다. 다연은 구수한 냄새에 입맛을 다셨다.

"불랄로. 필리핀 소꼬리 요리야. 이걸 먹으면 땀도 나고 기운도 나지."

그녀는 냄비를 불 위에 올렸다. 국이 끓자 넓적한 그릇에 흰밥을 담고 그 위에 불랄로를 가득 부었다. 그리고 소금과 후추를 적당히 쳤다.

"어서 먹어."

"네."

다연은 흡사 갈비탕에 쌀밥을 말아놓은 것 같은 불랄로를 허겁지겁 먹었다. 뜨끈한 고깃국물이 긴장한 뱃속을 진정시키며 흘러내려 갔다.

"맛있어요."

집을 나와서 거의 처음으로 먹는 제대로 된 식사였다. 다연은 국물에 촉촉이 젖은 밥을 부지런히 입속으로 밀어 넣었다. 뒤통수에서 따가운 시선이 느껴졌다. 구구가 어느 틈엔가 조리실 안에 들어와 있었다.

"의리 없이 너만 먹을 거야?"

다연은 안젤리카가 국물을 더 가지러 간 사이에 얼른 대꾸했다.

"오디션장에 설마 지금처럼 걸어서 들어갈 거예요?"

"아주 조금은 괜찮잖아."

"살 빼려면 탄수화물은 금지예요."

"딱 한 입만."

"절대 안 돼요."

"말도 안 돼. 한 끼 안 먹는다고 얼마나 빠진다고."

"체중관리는 운동선수인 제가 전문이에요. 딱 하루만 참아요."

다연은 조리실에 들어오지 않고 문밖에서 서성대는 프린스를 불렀다.

"아저씨는 밥 먹어야죠."

"……못 먹겠어."

"왜요? 배고프잖아요."

"언제 네 정체가 탄로 날지 모르는데 지금 밥이 넘어가? 신경쇠약에 걸릴 지경이야. 이미 걸린 것 같아. 계속 속이 울렁거려."

"조금만 먹어요. 밥을 먹어야 멀미도 덜한다고요."

다연은 밥을 한 숟가락 떠서 프린스 앞에 뿌렸다. 안젤리카는 다연의 발아래 자리를 잡은 비둘기들을 보고 미소를 지었다.

"너의 새들은 머리가 좋은 것 같아. 마치 개처럼 주인을 따르는구나."

머리가 좋다 못해 글을 읽고 인간과 대화를 할 줄은 꿈에도 모를 것이다. 거기에 인간 손에 이끌려 산책하는 개를 자기보다 한참 아래라고 생각하고 있을 줄은.

"소중한 걸 찾기 위해 몰래 배를 탄 소녀라……."

안젤리카는 앞에 앉아 기세 좋게 밥을 먹는 소녀를 바라보았다.

"그 사람은 왜 아줌마한테 함부로 말해요? 나이도 아줌마가 더 많아 보이는데."

"그게 그 사람 일이야. K는 갑판장이거든."

"……."

"선내 종사원들을 관리 감독하는 게 그 사람 일이니까, 나름대로는 일하는 중이라고 봐도 되겠지. 자기도 모르게 새로운 인원이 발생했으니 성질을 내는 건 당연한 거야."

"저 때문에……."

다연은 숟가락을 내려놓았다. 안젤리카는 고개를 저으면서 다연의 손에 다시 숟가락을 쥐여주었다.

"난 K보다 더 오래 배를 탔어. 선장하고도 먼저 아는 사이야. 네가 걱정하지 않아도 돼. 이 배엔 내가 없으면 안 돼. 그걸 K도 알기 때문에 나한테 성질을 내는 거야."

"네……."

미안한 마음에도 고깃국에 말은 밥은 꿀맛이었다. 다연은 한 그릇을 다 비웠다. 안젤리카는 주머니에서 호루라기를 꺼냈다. 그리고 다연의 목에 걸어주었다.

"이 배에 여자라고는 너와 나 둘뿐이야. 내가 무슨 말 하는지 알지?"

다연은 목에 걸린 호루라기를 만지며 고개를 끄덕였다.

"네가 찾는 공장은 카사도가 알고 있을 거야. 이 배를 타기 전에 한국산 휴대폰을 실은 배를 타고 홍콩에 오간 경험이 있다고 선장한테 들었어. 꽤 꼼꼼한 사람이니 수첩 같은 곳에 공장 주소를 적어놨겠지. 하지만 함께 일한 지 얼마 안 돼서 카사도가 어떻게 나올지 모르겠어. 최악의 상황에는 대가를 바라고 K한테 너를 넘겨버릴지도 몰라."

K가 알게 되면 모두가 곤란해진다. 나 때문에 아줌마가 곤란해지는 건 싫다. 아줌마 말에 뭐라고 대답해야 좋을지 모르겠다. 확실한 건 알아내기 절대 쉽지 않을 거라는 사실 뿐.

안젤리카가 세탁이 완료된 빨랫감들을 찾으러 간 사이, 다연은 조리실에 혼자 남아 곧 있을 저녁을 위해 테이블 위에 접시를 올려놓았다. 안젤리카는 30분쯤 걸릴 테니 그동안 조리실에 있으라고 했다. 절대 혼자 배 안을 돌아다니지 마. 안젤리카는 그렇게 당부하고 조리실을 나갔다. 다연은 먼지와 기름때가 낀 조리실 유리창을 신문지로 닦기 시작했다.

"굳이 유리창을 닦아서 저 안의 어수선함을 돋보이게 할 이유는 없지 않아?"

구구는 원치 않는 다이어트 때문에 짜증이 잔뜩 난 상태였다. 도와주지 않을 거면 입 다물어요. 물론 말을 하진 않고 눈썹을 들어 올리는 정도로 응수했다. 한국말 하는 모습을 선원들과 K에게 들키면 안 된다. 다연은 이제 막 일을 배우게 된 필리핀 소녀의 심정으로 유리창을 벅벅 닦았다. 목에 걸린 호루라기가 달랑거렸다.

다연은 신문지를 내려놓고 바다를 바라보았다. 파도가 우뚝 솟았다가 부서져 밀려가며 계속 형태를 바꿨다. 물 덩어리들이 규칙적으로 배를 때렸다. 파도치는 소리가 커서 어지간한 소음은 파도에 묻혔다. 선원들이 머무는 방의 문을 여닫는 소리쯤은 파도가 덮어줄 것이다.

'수첩을 찾아야 해.'

내일 새벽이면 홍콩항에 도착한다. 그러니까 안젤리카가 세탁물과 씨름하는 동안, 선원들이 선실을 비우고 일을 하는 동안, 공장 위치를 알아내야 한다. 누구도 답해줄 수 없는 질문들이 머릿속에서 마구잡이로 떠올랐다. 엄마와 할머니 곁을 떠나서 혼자 지금 뭘 하는 걸까. 이 배가 정말로 홍콩으로 가는 배인지, 안젤리카 아줌마가 정말로 내 편인지 나는 뭘 보고 믿은 걸까. 갑자기 모든 게 다 거짓말 같다. 정신을 딴 데다 돌려야 해. 수첩만 생각하자, 수첩만.

다연은 조리실을 나와 배 뒤쪽으로 향했다. 갑판 위는 온통 녹이 슨 것 투성이였다. 붉은 소화전과 소화기도 구조 장비도 하다못해 구조용 튜브조차 시퍼런 녹이 슬어 있었다. 다연은 바닥에 있던 빗자루를 손에 쥐었다. 호신용이자 핑계용이다. 손에 뭔가가 쥐어져 있다는 것만으로도 긴장이 조금은 풀렸다.

배 뒤쪽 긴 복도에 선원들의 선실이 있었다. 선실 하나당 여섯 명. 그런 선실이 다섯 개.

"설마…… 들어가려는 건 아니지?"

다연의 뒤에서 프린스가 물었다. 말은 비둘기들만 하기로 했다.

"좋은 생각이 아니야. 차라리 안젤리카한테 부탁하는 게 어때?"

다연은 고개를 젓고 비장한 표정으로 선실로 들어갔다. 자기의 일은 스스로 하는 거다. 엄마한테 그렇게 배웠다. 다행히 침대에는 이 침대를 누가 사용하는지 짐작할 수 있는 표시가 있었다. 누군가는 빛바랜 가족사진을 붙여놓았고, 누군가는 칼로 이름을 새겨 놓았다. 카사도는 후자였다. 다행히 제일 처음 들어간 선실에서 카사도의 자리를 발견했다. 침대 위에는 옷더미와 잡동사니가 쌓여 있었다. 그리고 볼품없는 여행 가방도 하나 있었다. 다연은 낡은 지퍼로 잠긴 가방을 천천히 열었다. 비둘기들은 망을 보기로 했다.

"제발 부탁인데 빨리 나가자고. 심장이 터질 것 같으니까."

"……."

다연은 가방 안으로 손을 넣으려다가 프린스를 째려보았다. 심장이 터질 것 같은 건 나라고요. 제발! 조용히 좀 해요.

"입 좀 다물어. 만약 걸려도 넌 날아가면 그만이지만, 날지 못하는 난 안젤리카 손에 통닭구이가 될 거고 쟤는 필리핀 선원들이 바다에 던질지도 몰라. 그러니까 그만 좀 징징거려."

구구가 모처럼 옳은 말을 했다. 최악의 상황이 닥치면 살아남는 건 우리 중에 프린스 하나뿐일 것이다.

낡은 가방 속에는 알코올 냄새가 나는 싸구려 화장품과 셔츠, 시간이 멈춘 손목시계, 주머니칼, 병따개 등 온갖 것이 들어 있었다. 하지만 수첩이나 뭔가가 적힌 종이 쪼가리 같은 건 없다. 다연은 벌떡 일어나 침대 매트리스를 들었다. 영화에서 보면 침대 밑에는 훔친 총이나 마약, 돈다발 같은 게 있던데. 카사도의 매트리스 밑에는 곰팡이와 야한 잡지, 누런 신문이 어지럽게 있을 뿐이었다.

"없어……."

아무리 둘러봐도 선실에는 6개의 철제 침대 외에 아무것도 없다. 책상과 서랍장처럼 열어보고 뒤져보고 싶게 생긴 건 선실 안에 아무것도 없다. 선원들은 수첩을 어디에 보관할까. 중요한 것을 적어놓는 작고 손에 딱 쥐기 좋은 수첩을.

"이제 그만 나와. 사람들 발소리가 들려."

프린스가 쥐어짜는 목소리로 소곤거렸다.

조리실로 돌아가는 동안 다행히 그 누구와도 마주치지 않았다. 하지만 수첩도 찾지 못했다. 이런 기회가 항구에 도착하기 전까지 몇 번이나 있을까. 다연은 맥없이 다시 신문지로 유리창을 닦기 시작했다.

"걱정하지 마. 우리가 더 찾아볼게."

구구가 위로했다. 우리? 프린스가 말도 안 된다는 듯 되물었다.

그러는 동안 선원 몇몇이 조리실에 들어왔다. 아몬드빛 피부에 우유처럼 하얀 치아. 그 명확한 대비가 무섭다. 그들보다 피부색이 옅고 이가 누런 나는 저 사람들 속에 스며들 수 없을 것이다. 그렇게 생각하자 마치 정체를 들킨 것 같아 파도가 칠 때마다 가슴이 철렁 내려앉았다. 그들은 호기심 어린 눈으로 다연을 힐끔거리며 물을 마셨다.

누군가 "카사도!" 하고 부르자 한 남자가 손을 들었다.

'저 사람이구나.'

카사도는 몸집이 작지만 연약해 보이지 않는 남자였다. 어깨와 가슴은 좁지만 햇볕에 그을린 팔뚝은 단단해 보였다. 그는 검정 곱슬머리를 손으로 훑어 내리며 동료가 내민 물을 마셨다. 그는 빈 잔을 다연에게 내밀었다. 소금기가 섞인 생선 냄새가 코를 찔렀다. 다연은 자기도 모르게 뒤로 한발 물러섰다. 이런 행동이 그를 자극할지도 모른다. 나 무시해? K의 거친 말투가 떠올랐다.

카사도가 입을 열었다. 하지만 당연히 알아들을 수 없다. 알아들을 수 없기에 상상은 가장 최악의 것으로 내달렸다. 그는 다연에게 한 뼘 더 다가왔다.

"너 가출했지? 널 잡아서 한국 경찰에 데려가면 돈을 주지 않을까?"

당장 이 배에서 내리고 싶다. 그리고 당장 집으로 돌아가고 싶다. 하지만 도망칠 수 없다. 여긴 바다 위다. 애초에 도망치는 건 불가능하다. 내가 이 배에 탔다는 걸 아무도 모른다. 이 배에서 내가 사라지면……. 카사도의 얼굴 위로 엄마와 할머니, 아빠 얼굴이 겹쳐졌다. 미열이 나는 것처럼 머리가 뜨겁다.

"아니면 네 가족에게 연락해서 이 배에서 받는 돈보다 더 많은 돈을 달라고 할까? 넌 내가 무슨 말을 하는지 전혀 모르겠지?"

타갈로그어의 센 발음이 온몸을 옥죄었다. 젤리 속에 파묻힌 것처럼 팔다리가 마음대로 움직여지지 않는다. 다연은 목에 건 호루라기를 더듬더듬 집어서 입에 물었다.

카사도는 계속 뭐라고 말했다. '시스터'라는 쉬운 영어 단어가 다연의 귓속으로 간신히 들어왔다.

"……시스터?"

다연이 되묻자 그는 고개를 끄덕였다.

"예스, 마이 시스터."

아무도 겁먹게 할 수 없는 작고 상냥한 단어, 시스터.

카사도는 자신의 여동생 이야기를 하고 있었던 거다. 나를 잡아서 경찰에 넘기거나 엄마와 할머니를 협박하겠다는 말을 한 게 아니었다. 나를 보고 아마도 비슷한 또래인 여동생을 떠올린 것 같다. 온몸을 가득 채웠던 열기가 천천히 빠져나갔다. 갑자기 목이 엄청나게 마르다. 다연은 물을 한 잔 따랐다.

"역시 너희들은 틀려먹었어. 틈만 나면 게으름을 부리지."

K는 다연의 손에 들린 잔을 움켜쥐었다. 그의 거무튀튀한 손가락이 다연의 손가락을 훑고 지나갔다.

"카사도, 어린 여자애랑 얘기하니까 좋아? 기분이 아주 째지나 봐? 어?"

K는 한국말로 비아냥거렸다. 카사도는 만만하고 무력하다. 나무 둥지 위에서 떨어진 작은 새처럼. 반면 K는 그 새를 내려다보는 들고양이처럼 강하다.

"너희는 천성이 게을러서 평생 가난에서 벗어날 수 없어. 네 여동생도 식모 아니면 창녀가 되겠지. 성공하고 싶으면 간호사가 돼서 미국으로 가라고 해. 그게 너희한테는 최고의 신분 상승일 테니까."

새벽 3시. 한낮의 열기를 흠뻑 머금은 배는 그 자체로 달궈진 무쇠 공 같다. 열기와 습기를 가두고 있는 뜨거운 쇠공. 갑판, 계단, 난간, 선실 문고리까지 전부 따끈따끈하다. 천장에 달린 선풍기가 뜨뜻미지근한 공기를 힘겹게 휘저었다. 모두가 잠든 시간이지만, 다연과 안젤리카는 잠자리에 들지 않았다. 누군가의 코 고는 소리가 작은 소음처럼 들린다. 두 사람은 선실에 앉아서 바깥에서 나는 소리에 귀를 기울였다.

"이제 1시간 후면 항구에 도착해. 조금 있으면 선원들도 전부 일어날 거야. 준비는 다 됐지?"

"네."

다연은 배낭을 끌어안았다.

"옷은 항구에 내려서 갈아입는 게 좋겠어. 끝까지 의심을 사지 않고 이 배에서 내려야 해. 알고 있지?"

"네, 알아요."

다연은 자신을 발견한 것이 다른 사람이 아니라 안젤리카라는 사실에 다시 한번 감사해했다. 지하철에서 만난 천문학자 아저씨가 북쪽 마녀 글린다처럼 마법을 부린 것 같다. 1시간 후면 그녀와 이별이다. 아마도 영원한 이별일 것이다. 다연은 아까 낮에 조리실에서 있던 일을 안젤리카에게 털어놓았다.

"제니, 상대방의 삶을 이해하고 공감하지 못하는 사람은 어디에나 있어. 어디서든 그런 사람들을 만나게 될 거야. 넌 아직 어리니 앞으로 더 많이 만나겠지. 도리어 그들은 묻지. 왜 내가 상대방의 일을 내 일처럼 생각해야 하냐고. 그들은 몰라. 언젠가는 그게 자기 일이 될지도 모른다는 것을."

안젤리카는 다연의 머리를 쓰다듬었다. 긴 세월 노동으로 단련된 그녀의 손은 투실투실하고 거칠지만 손길은 부드러웠다.

"인간이라는 존재는 인종으로 나누기에 너무나 개별적이고 특별하단다. 내 말이 무슨 말인지 알겠니?"

"……네."

"넌 어떤 어른이 되고 싶니?"

"아직 잘 모르겠어요. 그냥…… 올바른 어른이 되면 좋겠어요. 약한 사람한테 친절하고 자기보다 어린애한테 나쁜 길을 알려주지 않는 어른이요."

"그래, 그것만으로도 넌 이미 좋은 어른이 될 자격을 갖춘 거야. 그 마음만 잊지 않으면 돼."

안젤리카의 말이 전부 이해되진 않는다. 하지만 피부색으로 차별하는 건 바보 같은 짓이다.

"아버지는 아직 초경도 시작하지 않은 나를 어떤 영감에게 돈을 받고 결혼시키려고 했어. 그때 애인이 있어서 영감을 칼로 찔러죽이고 같이 도망이라도 쳤다면 좋았겠지만, 그때나 지금이나 난 너처럼 예쁘지 않았어."

그녀는 두툼하고 주름진 손목을 다른 손으로 쓰다듬었다.

"하지만 그런 애인이 없다고 해서 영감에게 팔려갈 수는 없었지. 엄마는 아버지를 말릴 힘도 나를 지킬 힘도 없었어. 누워 있는 엄마에게 귓속말로 인사하고 결혼식 전날 집을 나왔어. 엄마는 울면서 눈을 깜박였어. 이별 인사로 충분했지. 그리고 어디로 가는지도 모르는 배를 탔어."

"무섭지 않았어요? 배에는 아줌마 편이 하나도 없었을 텐데."

"그래, 날 어떻게 하려는 못된 남자들만 가득했어. 하지만 선장은 좋은 사람이었어. 밤에 날 덮치려는 선원을 바다에 던져버리기도 했으니까. 그 배에서 5년 동안 요리와 세탁을 맡았어. 그러다 선장이 죽고 그 배에서 내렸어. 그때가 너처럼 열일곱 살이었지."

안젤리카는 선장이 그녀 앞으로 남겨준 돈으로 항구 앞에 식당을 차렸다. 그리고 붙박이 가구처럼 그곳에서 10년을 보냈다. 하지만 그녀는 다시 배에 올랐다.

"역시 배에 있을 때 가장 마음이 편해. 바다 위만큼 안전하다고 느껴지는 곳이 없어. 집채 같은 파도와 풍랑, 배가 뒤집힐 것 같은 폭풍……. 그것들보다 더한 것이 땅 위에서의 삶이었거든. 공장 위치는 내가 카사도에게 물어볼게. 너는 배에서 항구가 보이면 내릴 준비를 해. 내가 널 찾을 테니까."

다연은 고개를 끄덕였다. 탁탁. 구구가 선실 밖에서 창문을 두드렸다. 다연은 밖으로 나갔다.

"우리가 알아냈어."

구구가 말했다. 프린스도 고개를 끄덕였다.

"침대 위에 벗어놓은 작업복 셔츠 윗주머니에 수첩이 있더라고."

카사도는 공장 위치를 수첩에 영어로 적어놓았다. 구구는 그걸 프린스에게 읽어줬다. 둘은 머릿속에 주소를 입력했다.

"저기 봐. 벌써 항구 불빛이 보여."

정말이다. 홍콩은 눈앞에 보이고, 이 똑똑한 비둘기들이 휴대폰 공장 주소도 알아냈다. 다연은 입술을 한 번 꽉 깨물었다.

"안젤리카 아줌마한테 주소를 알아냈다고 말하고 올게요. 곧 항구에 내려야 하니까 배낭도 챙기고……."

"어라? 이게 누구야, 제니 아냐. 그런데 제니, 한국말 참 잘하네."

K가 다가온 줄 몰랐다. 바보처럼. K는 다연을 보고 누런 이를 훤히 드러내며 웃었다.

"아, 아뇨. 그게 아니라……"

"거짓말을 했군. 속을 뻰했어."

K는 다연의 말을 잘랐다.

"하지만 날 속이는 건 쉽지 않지."

♦ ♦ ♦

배가 흔들리고 바람이 울부짖었다. 안젤리카는 영문 모를 얼굴로 갑판에 나왔다가 다연과 K를 발견하고 낯빛이 어두워졌다. 그녀는 우려하던 최악의 상황이 닥쳤음을 직감했다. 이제 다 왔는데. 저기 항구가 보이는데. 열두 살에 도망친 자신이 열일곱 살에 도망친 소녀를 성공적으로 도왔다고 믿었는데.

"어쩌려고 그래. 내 말 들어봐. 저 앤 그냥 어린 애일 뿐이야."

안젤리카가 외쳤다.

"아니지. 저 애는 겁도 없이 홍콩으로 밀항하려던 한국 여자애야. 아마도 가출했겠지. 한국에서 큰 사고를 쳤을 수도 있고."

"아냐, 저 애는 홍콩에 꼭 가야 할 일이 있어서 배를 탔을 뿐이야. 믿어줘."

"아주 영웅 나셨어. 네가 지금 한국 여자애 걱정해줄 입장이라고 생각해?"

다연은 하얗게 질린 얼굴로 부들부들 떨었다. 소란스러운 소리를 듣고 카사도가 선실에서 나왔다. 그는 K와 다연의 얼굴을 번갈아 보았다.

"일 났군."

프린스는 거의 울 지경이었다.

"애초에 네가 부추기지만 않았어도 일이 이렇게까지 되진 않았을 거야."

비난의 화살이 구구에게로 향했다. 영화 출연이라는 한심한 꿈을 꾸는 것도 모자라 인간 여자애까지 궁지에 빠트리고 만 세상에서 가장 멍청한 비둘기.

안젤리카가 다연에게 다가가려 하자 K가 그 앞을 막아섰다. 마치 사냥한 초식동물을 뺏기지 않으려는 포식자처럼. 그리고 오른손 검지를 흔들었다.

"부탁할게. 한 번만 눈감아줘. 저 애의 사정을 들어봐. 그러면 당신도 마음이 바뀔 거야. 저 애를 눈감아 준다고 해서 당신이 손해를 입을 일은 없어."

K는 안젤리카의 말을 무시하고 무전기를 꺼냈다. 그리고 무전기를 켜고 보란 듯이 신호를 기다렸다.

"손해에는 관심 없어. 난 이득에 관심이 있지."

K는 바닷바람에 짭짤해진 입술을 핥았다.

"한국 해경에 널 넘길 거야. 우린 해경과 우호적인 관계를 유지하는 게 중요하거든. 밀항을 시도하다 걸린 비행 청소년을 잡았다고 하면 모처럼 언론이 좋아할 만한 건수를 잡았다며 술을 살걸? 술보다 더 좋은 걸 줄지도 모르지. 항구에 도착하면 경찰이 와 있을 테니까 기대해. 미리 말하지만, 한국으로 돌아가는 길은 별로 편하지 않을 거야."

다연은 뒷걸음질 쳤다. 배는 점점 항구에 가까워 항구에서 일하는 사람들이 보였다. 안젤리카가 선실에 들어가 배낭을 가지고 나왔다. 다연이 안젤리카에게 다가가려 하자 K가 다연의 팔을 움켜쥐었다. 다연은 K의 강한 손아귀 힘에 비명을 질렀다. 카사도가 K와 다연에게 성큼성큼 다가왔다.

'아빠, 나 정말 무서워. 이제 난 어떻게 해.'

땅바닥에 떨어진 새는 바로 나였다. K와 카사도는 언제든 날 삼킬 수 있는 들고양이고. 다연은 눈을 질끈 감았다.

"이힌또!"

하지만 카사도는 다연이 아닌 K의 어깨를 잡아당겼다. K는 어이없다는 표정으로 카사도의 손을 뿌리쳤다. 그리고 곧바로 주먹으로 카사도의 턱을 후려쳤다. 카사도는 터진 입가를 닦으며 K를 노려보았다. K는 다연의 팔을 거칠게 붙잡고 항구로 시선을 돌렸다. K는 다연보다 아주 조금 더 키가 클 뿐이었다. 다연은 무방비 상태로 다리를 벌리고 서 있는 K의 가랑이 사이를 무릎으로 쳤다. 체중을 실어서 바로 그 부위를 정확하게 가격했다.

"억!"

K는 짧은 비명을 지르며 앞으로 고꾸라졌다. 하지만 다연의 팔은 놓지 않았다. 그 바람에 다연도 갑판으로 넘어졌다. K는 이를 악물고 일어났다. 그리고 다연의 뺨을 때렸다. 순간, 뜨거운 불길이 뺨을 타고 정수리 끝까지 치고 지나갔다. 두개골

이 흔들리고 귀에서 윙 소리가 난다. 몸에 힘이 풀리면서 저절로 앞으로 고꾸라졌다. 정신을 차릴 수 없다. 내가 몸 밖으로 빠져나와 나 자신을 바라보는 것 같다. 안젤리카가 K를 향해 달려들었다. 그리고 온 힘을 다해 K를 밀치고 다연을 끌어안았다. 바닥에서 버둥거리는 K의 하체를 카사도가 붙잡았다.

그러는 동안 배가 항구에 닿았다. 이미 도착한 수많은 배가 항구에 가득했다. 왜가리 3호도 그 속에 정박했다. 안젤리카는 다연에게 배낭을 건넸다. 잘 가렴. 그녀는 눈을 깜박였다. 이별 인사는 그걸로 충분했다. 다연은 카사도를 바라보았다. 얼핏 보기에 카사도는 다연이 가격한 K의 가랑이 사이 중요부위를 꾹 누르고 있는 것 같았다. K는 비명도 지르지 못한 채 소금불판 위의 새우처럼 허리를 접었다 폈다. 카사도가 손을 번쩍 들어 올렸다. 그리고 흔들었다. 다연도 손을 들었다.

"고맙습니다. 아니……"

갑자기 목이 멘다. 다연은 목을 꽉 막은 뜨거운 무언가를 꿀꺽 삼켰다. 고맙다는 말 정도는 아줌마한테 배워둘걸. 아줌마네 나라말로 두 사람한테 정말 고맙다는 말을 하지 못해 너무나 미안하다. 다연은 안젤리카와 카사도를 향해 힘껏 손을 흔들었다. 그리고 허리를 숙여 인사했다.

"……고맙습니다."

다연은 배에서 내렸다. 후두둑. 빗방울이 떨어진다. 전혀 차갑지 않다. 따뜻한 빗방울이 붉게 부풀어 오른 뺨을 매만졌다. 할머니가 열이 난 이마를 짚어주듯.

아주 이른 새벽이지만 항구는 사람들로 넘쳐났다. 살아 있는 존재들이 제각기 할 일을 하며 부지런히 오가고 있다. 각자 자기 일을 묵묵히 한다. 엄마처럼 할머니처럼. 그리고 아빠처럼.

입을 크게 벌리자 빗방울이 입안으로 들어왔다. 미지근하고 밋밋한 비의 맛에 집중했더니 덜덜 떨리던 몸이 차분하게 가라앉았다. 더는 지체할 수 없다. 어서 여길 빠져나가자. 다연은 얼얼한 뺨은 잊어버리고 복근에 힘을 주었다. 그리고 천천히 다리에 힘을 실었다.

"넌 어떤 어른이 되고 싶니?"

"아직 잘 모르겠어요. 그냥…… 올바른 어른이 되면 좋겠어요. 약한 사람한테 친절하고 자기보다 어린애한테 나쁜 길을 알려주지 않는 어른이요."

"그래, 그것만으로도 넌 이미 좋은 어른이 될 자격을 갖춘 거야. 그 마음만 잊지 않으면 돼."

8

두 유 노우 주윤발?

"너 좀 전에 달렸어."

셋은 홍콩항 7번 부두에 나란히 섰다. 그리고 60m 높이의 크레인이 컨테이너선에서 컨테이너를 화물트럭에 내리는 장면을 지켜보았다. 기본 구조는 인형 뽑기와 크게 다른 바가 없어 보이나, 그 스케일만은 엄청났다. 걸리버가 팔을 높이 들어서 온종일 모아놓은 옥수수나 사과, 빵 같은 걸 한 움큼 쥐고 입에 털어 넣는 걸 본 소인국 사람들 기분이 이랬을까. 다연은 화물트럭에 몇 개의 컨테이너를 실을 수 있는지 집중해서 지켜보았다.

"너 좀 전에 배에서 내려서 달렸다고. 내가 뒤에서 보니까 장딴지에 힘이 넘치던데."

"……136개."

다연은 컨테이너 개수를 전부 세고도 고개를 내리지 않았다. 왠지 눈물이 날 것 같아서 아저씨와 눈을 맞추고 싶지 않다. 이름 모를 새가 머리 위로 지나갔다. 저 새도 아저씨처럼 말을 할 수 있을까. 만약 할 수 있다면 우리가 어떻게 보이는지 묻고 싶다. 죽다 살아난 운 좋은 비둘기 두 마리와 여고생 하나. 너무나 보잘것없는 조합이긴 하지만 그래도 여기까지 왔다.

"자, 가출청소년. 이젠 어떻게 할 셈이야? 오디션은 12시라고."

구구가 물었다.

"일단."

다연은 아직 해도 뜨지 않았건만 애초에 잠든 적이 없는 것처럼 활기 넘치는 홍콩항을 휘 둘러보았다. 그리고 한 곳에 시선을 집중했다.

"편의점에 가야죠."

편의점에 들어서자 마음이 편해졌다. 편의점이 주는 편안함은 만국 공통이구나. 다연은 에어컨 바람을 한껏 들이마시면서 노란 패키지에 망고가 그려져 있는 망고우유를 골랐다. 보기만 해도 따뜻한 남쪽 나라의 달콤한 맛이 전해져오는 것 같다. 차에 다는 내비게이션만 한 텔레비전을 보던 주인아저씨가 망고우유에 바코드를 찍었다. 이제 곧 해수의 휴대폰으로 천 원쯤 되는 금액이 결제됐다는 문자가 갈 것이다. 남색 바탕에 새빨간 꽃무늬가 찍힌 알로하셔츠를 대충 걸친 아저씨는 연신 텔레비전에서 나오는 음악에 맞춰 몸을 꿀렁거렸다. 그럴 때마다 알로하셔츠 안에 입은 흰 러닝이 수줍게 얼굴을 내밀었다.

"앤드……."

다연은 음악에 묻힐 만큼 자신 없는 목소리로 말했다. 엄마는 홍콩에 다녀온 사람들이 올린 여행기를 읽고는 홍콩에도 한국 교통카드랑 비슷한 게 있다며 도착하자마자 그것부터 살 거라고 했다. 그 교통카드 이름이 뭐였더라. 처음에는 이름을 듣고 교통카드 이름이 뭐 그래, 하고 생각했다. 알로하셔츠가 다연의 '앤드……'를 흉내 내며 얼굴 가까이 다가왔다. 러닝 속 허연 가슴이 보일락 말락.

"두 유 해브…… 버스 카드?"

"아, 옥토퍼스 카드."

그는 텔레비전에 나오는 노래에 맞춰 몸을 흔들면서 알록달록한 카드 한 장을 내밀었다.

"메트로, 버스, 맥도날드, 세븐일레븐 오케이!"

"오, 오케이!"

통했다. 홍콩 사람과 대화가 통하다니. 진짜 홍콩 사람인지 아닌지는 알 수 없지만.

"두 유 노우 주윤발? 주윤발 무비?"

다연은 주윤발이 주연을 맡은 〈첩혈쌍웅〉에 대해 아는지, 혹시 오늘 정오에 있다는 오디션에 대해 아는지 짧은 영어 단어를 연결해 설명을 이어갔다.

"주윤발? 저우룬파?"

갑자기 편의점 주인이 알로하셔츠를 휘날리며 카운터 밖으로 나왔다. 그리고 감격스러운 표정으로 총 쏘는 동작을 선보였다. 이번에도 통한 게 분명했다. 가슴이 쿵쾅쿵쾅 뛰었다. 홍콩에 오기까지는 힘들었지만 막상 오고 나니 일이 술술 풀리는구나. 아저씨는 갑자기 휴대폰을 꺼내 주윤발과 어깨동무를 하고 찍은 사진을 보여주었다. 그리고 종이를 꺼내 뭔가를 적어서 내밀었다. 그는 사진과 메모를 번갈아 가며 손가락을 짚었다. 여기에 가면 주윤발이 영화 찍는 모습을 볼 수 있다는 건가?

"원 아워."

그는 손가락을 하나 들었다. 그리고 다시 한번 원 아워, 하고 말하면서 편의점 안에서도 보이는 지하철역을 가리켰다.

지하철역으로 걸어가면서 망고우유를 마셨다. 다연은 절반쯤 마신 다음 우유팩을 벌려 바닥에 내려놓았다. 그리고 당장 망고우유로 돌진하려는 구구를 제지했다.

"안 된다니까요. 이제 곧 영화에 출연할 거잖아요."

"나 지금 어지러워. 현기증 난다고. 영화고 뭐고 죽을 것 같아."

"그 정도 굶은 걸로는 안 죽어요."

"딱 한 모금만."

"지금까지 노력한 게 아깝지도 않아요? 편의점 아저씨 말대로라면 1시간 후면 영화 촬영장에 도착한다고요."

프린스는 구구 보란 듯이 바닥에 놓인 망고우유를 마셨다.

"인내는 쓰고 열매는 달다더니, 이거 정말 맛있네."

그 모습을 지켜보던 구구는 맹렬한 기세로 프린스를 밀어내고 주둥이를 망고우유 안으로 밀어 넣었다. 그 순간 자전거 한 대가 구구를 향해 엄청난 속도로 달려왔다. 자전거는 비둘기 대신 망고우유를 밟고 사라졌다.

"도대체 뭐지?"

다연은 너무 놀라 소리를 지를 틈도 놓친 채 중얼거렸다.

"비둘기를 혐오하는 인간이지, 뭐야."

프린스는 가슴팍에 튄 망고우유를 털어냈다.

"왜요? 그냥 가만히 있는데?"

다연은 멀어지는 자전거를 노려보며 그제야 한국말로 욕을 퍼부었다. 알아듣거나 말거나. 우유팩은 갑작스러운 킬러의 공격을 당한 것처럼 망고우유를 철철 흘리며 납작해졌다.

"우유를 훔쳐 마시는 뻔뻔하고 더러운 비둘기라고 생각했나 보지."

"아니잖아요."

"그게 중요해? 인간들은 보이는 게 중요하잖아."

다연은 뭐라 할 말이 없어 씩씩대며 우유팩을 발로 걷어찼다.

"진정해."

구구는 잔디밭까지 날아간 우유팩을 주워왔다. 그리고 쓰레기통에 버렸다.

"결국 한 입도 못 먹었어."

"지금 그게 중요해요? 억울하지도 않아요?"

구구를 치려고 했던 자전거는 이미 달아났다. 그런 일을 또 언제 어디서 당할지 모른다. 우유팩처럼 납작해지는 일. 혹시라도 자전거가 구구를 밟았더라면. 그런 상상을 하니 달콤한 망고우유가 부글거리며 역류하는 것 같다. 비둘기가 무슨 죄람. 인간이 필요해서 비둘기 수를 늘려놓고는 이제는 너무 많다며 싫어한다.

"난 한 입도 못 먹은 게 더 억울해! 근데 내가 인간이라고 해도 비둘기를 좋아하긴 힘들 것 같아. 끈덕지게 먹을 것을 찾아다니고 오바이트든 음식물 쓰레기든 가리는 것도 없잖아. 미움 사기 딱 좋지. 싫을 만해."

"눈물 나게 날카로운 자아비판이군. 배부른 닭둘기에서 배고픈 비둘기로 업그레이드된 거야?"

프린스가 큭큭 웃으며 비웃었다.

"배 안에서는 신경쇠약이니 뭐니 하며 다 죽어가더니, 이제 좀 살 만한가 봐?"

그런 소리를 듣고 가만히 있을 구구가 아니었다. 두 아저씨가 영양가 없는 신경전을 벌이는 사이 지하철역 앞에 도착했다.

"좀 답답하겠지만."

다연은 배낭을 열었다.

"여기까지 와서 굳이 분란을 일으킬 필요는 없으니까."

프린스가 배낭 안으로 들어갔다.

"인간들은 종종 잊어버리지만, 비둘기는 평화의 상징이니까."

구구 또한 배낭 안으로 냉큼 들어갔다.

♦♦♦

뭉게구름은 소프트아이스크림 모양이었다. 하늘은 파란색 페인트를 칠한 것 같았다. 햇살 덕인지 비둘기 목덜미마저 예뻐 보였다. 벨벳퍼플과 딥그린의 오묘한 조화. 반지르르한 윤기가 흐르는 할머니의 앙고라 조끼가 떠오른다.

"무지 덥네. 하여튼 도심은 이게 문제야."

"빌딩 숲이라 그런지 열기가 엄청나. 빌딩이 바람길을 전부 막고 있으니 어쩔 수 없지."

이것은 이른 아침 출근하는 홍콩 비즈니스맨들의 대화가 아니다. 뼛속 깊이 도시의 새인 구구와 프린스가 센트럴역의 열섬현상에 대해 떠드는 동안, 다연은 환전소를 찾았다. 그리고 약간의 돈을 홍콩 달러로 환전했다. 그러고 나서 편의점 아저씨가 휘갈겨 적어준 메모에 적힌 주소를 찾았다.

"여기라고?"

제대로 찾긴 찾았다. 다만 기대했던 모습이 아닐 뿐.

"역시 따거는 존경하지 않을 수가 없어."

흰 간판에 붉은 글씨로 'LAN FONG YUEN'이라고 적힌 버터 토스트 가게 앞에서 구구가 말했다.

"여긴 영화 찍는 데가 아니라 그냥 토스트 가게잖아요?"

러닝셔츠 바람에 슬리퍼를 신은 사람들이 쉼 없이 가게 안을 들락거렸다. 편의점 아저씨가 신이 나서 가르쳐 준 것은 그저 주윤발의 단골 토스트 가게였다.

"역시 따거야. 이런 곳이 제대로지."

저러다 뜨거운 뭔가가 주방에서 날아오지 않을까 조마조마한 다연의 마음과는 상관없이 구구는 연신 감탄하며 사람들로 바글바글한 가게 앞에서 얼쩡거렸다.

"얼른 가서 따거에 관해 물어봐. 나올 때 토스트 잊지 말고."

"토스트 가게 아줌마가 주윤발이 어디서 영화를 찍는지 어떻게 알아요? 괜히 온 것 같아요. 시간만 낭비하고. 그냥 휴대폰이나 찾으러 가요."

"벌써 포기하려고? 이런 게 실마리라는 거야. 영화에도 나오잖아. 목격자의 진술에 따라 범인의 흔적을 따라가다 보면 의외의 순간에 딱 마주친다고."

그건 영화고요. 사실은 토스트에 더 관심 있는 거 아니냐고 묻고 싶었지만 구구의 말대로 알로하셔츠 아저씨는 여기서 주윤발과 인증샷을 찍었고, 그 덕에 주윤발의 50년 단골집이라는 토스트 가게 앞까지 왔으니 구구의 주장을 믿어보기로 했다. 게다가 계속 후각을 자극하는 느끼한 버터 냄새를 거부하기 힘들었다.

다연은 토스트를 주문하고 가게 안을 둘러보았다. 과연 엄지손가락을 치켜들고 느끼하게 웃고 있는 주윤발 사진이 덕지덕지 붙어 있었다. 다연은 주인에게 말을 걸었다. 말을 걸었다기보다 검색창에 검색어를 넣는 방식이라고 할까. 하지만 주인은 바빠 죽겠는데 지금 뭐하냐는 표정이었다. 다연은 굴하지 않고 계속 이런저런 검색어를 밀어 넣었다. 주인은 애써 공손한 미소를 짓는 외국 소녀를 뚱한 표정으로 바라보았다. 전혀 통하지 않아! 어설픈 영어 실력이 먹히지 않는다. 역시 문법 수업을 건너뛰어서 그런가. 그런데 주인이 마지못해 한 마디를 툭 던졌다.

"왕허우쩡찡칭."

"……."

역시 비둘기의 주장을 믿는 건 바보 같은 생각이었다. 다연은 토스트 가게 밖에서 눈을 반짝이는 구구를 향해 고개를 저었다.

종아리가 빵빵하게 부었다. 발바닥 전체가 아프다. 땅을 밟을 때마다 발바닥이 따끔거렸다. 묵직한 배낭 탓에 어깨와 등도 걸린다. 다연은 자신을 타일렀다. 발바닥은 원래 엄살이 심하다. 운동장을 돌 때도 가장 먼저 지치는 건 발바닥이다. 힘들긴 하지만 걸을 수 없을 정도는 아니다. 이 정도 항의에 귀를 기울이면 아무것도 할 수 없다. 구구와 프린스도 지쳤는지 느릿느릿 걸었다.

"저기, 다른 방법을 찾아야 하지 않을까요?"

"다른 방법이라니, 예를 들면 어떤?"

"이렇게 무작정 헤맬 게 아니라 어른들한테 물어볼 수도 있고, PC방 같은 데서 검색해볼 수도 있고. 아무튼 여러 가지가 있잖아요."

"일단 떠나기 전에 내가 비둘기 공용 폰으로 찾아본 결과, 장소는 철저히 비밀에 부쳐진 것 같아. 아무리 검색해도 안 나오더라고."

"그게 비밀로 할 정도의 정보예요?"

"업계 관계자들이나 영화를 잘 아는 사람들만 아는 정보인 거지. 〈첩혈쌍웅〉 3편 오디션 장소를 오늘의 날씨처럼 다들 알아야 하는 건 아니잖아?"

"그럼 어떡해요. 계속 이렇게 무작정 걸어요?"

"애초에 우린 비둘기잖아. 할 수 있는 게 없다고."

홍콩까지 같이 오는 동안 파악한 건데, 기본적으로 구구는 일을 벌이는 건 좋아하지만 마무리나 책임에 대해서는 일절 관심이 없었다. 쪼다 점장의 외제 차에 똥 테러를 하는 것도 홍금보에게 떠맡기고 도망쳤고, 토스트 가게 주인에게 들은 외계어가 무슨 뜻인지 알아내는 것도 전부 다연에게 떠맡겼다.

비협조적인 가족끼리 여행을 가면 이런 기분일까. 누구는 먹고 즐기는 동안 누구는 계획 짜고 다음 일정 걱정하고 이런 식으로 억울하게 역할 분담을 하다가 결국 누구 하나가 성질을 버럭 내고 다시는 같이 여행을 가지 않겠다고 성급한 선언이 이어지고……. 그런데 사실 아주 조금 재미있다. 재미가 있어서 약간 자존심이 상할 지경이다. 비협조적인 가족과 여행을 온 건 처음이라 그런가.

공원 앞에 다다르자 왁자지껄한 소리가 들렸다. 공원 안은 여기저기 돗자리를 깔고 앉아 있는 여자들로 가득했다. 다연은 빈 벤치를 찾는 척하면서 그녀들을 힐끔 보았다. 까무잡잡한 피부에 새카만 머리, 쌍꺼풀진 깊은 눈매.

"안젤리카 닮았네."

근처에 떨어진 빵 부스러기는 없는지 공원 바닥을 샅샅이 살피던 구구가 말했다.

"정말 그러네요. 다들 안젤리카 아줌마를 닮았어요."

"홍콩 부자들의 필리핀 가정부들이잖아. 주말에는 주인집에 있을 수가 없으니까 저렇게 공원에 나와 있는 거야. 친구들도 비슷한 처지니까 다들 모여서 시간을 보내는 거지."

배낭 속에서 프린스가 말했다.

"정말요?"

"그렇다니까."

프린스는 덥고 피곤하다며 다연의 배낭에서 나오지도 않았다. 덥고 피곤한 건 인간도 마찬가지예요, 하고 말했지만 프린스는 들은 척도 하지 않았다. 손이 많이 가는 까다로운 삼촌을 모시고 다니는 것 같다.

"좀 너무하네요. 부려먹을 때는 언제고 나가라니."

"인간들이 그렇지. 자기가 아쉽고 필요할 때는 잘해주지만 결국 천덕꾸러기 취급이지. 우리 비둘기들한테 하는 것처럼."

"혹은 유망주에서 밀려난 육상선수처럼"이라고 프린스가 덧붙이자 구구는 캬캬 웃고는 "혹은 편의점 알바생처럼"이라고 밉살스럽게 굳이 이 사회가 차갑게 외면한 약자 3종 세트를 완성했다. 정말 재수 없는 콤비다. 다연은 프린스를 강제로 배낭에서 하차시키고 앞장서 걸었다. 그리고 좁은 돗자리에 엉덩이를 걸치고 있는 여자에게 말을 걸었다.

"익스큐즈 미. 두 유 노우 주윤발? 주윤발 무비?"

여자는 잠시 생각하더니 같이 앉아 있는 여자들과 이야기를 나누기 시작했다. 그녀들은 즐거운 표정으로 이런저런 손짓을 섞어가며 대화했다. 그중 한 명이 다연에게 연한 핑크빛 주스를 내밀었다.

"라이치 깜로 주스."

다연은 달콤하고 시원한 주스를 얻어 마시며 뭔가 제대로 된 정보가 나오길 기다렸다. 여자가 만족스러운 표정으로 말했다.

"왕허우쩡꿩청."

앗. 아까 버터 토스트 가게 주인이 한 말이다. 일단 욕은 아니구나.

"왕허우, 쩡꿩청?"

한 번에 발음하기가 어려워 중간에 한 번 끊으며 따라 하자 그녀는 고개를 저었다.

"노. 왕허우쩡, 꿩청."

그리고 손가락으로 땅을 가리킨 다음 빌딩 숲 어딘가를 가리켰다.

"황후상 광장. 왕허우쩡 꿩청은 황후상 광장을 말하는 거야. 아마도 광둥어겠지. 우리가 있는 여기가 황후상 광장이라는 말이군."

프린스가 말했다.

"황후상 광장은 〈영웅본색〉 첫 장면에 나오는 곳이잖아. 여기가 그 역사적인 곳이란 말이야?"

구구는 코피라도 터질 것처럼 흥분했다.

그녀가 가리킨 것은 황후상 광장 남쪽에 있는 한 높다란 빌딩이었다. 구구의 설명에 의하면 주윤발 따거가 바바리코트를 입고 저 빌딩 앞을 지나갔다고 한다.

"무슨 암호 해독하는 기분이네요."

"인디아나 존스도 이렇게 복잡하고 어려운 과정 끝에 크리스탈 해골을 손에 넣었어. 우린 존스 박사와 동급이라고 할 수 있지."

50층이 훌쩍 넘는 빌딩에서 셋을 맞이한 것은 주윤발도 오우삼 감독도 아닌 개들이었다. 개들은 건물 앞에 나란히 묶여 있었다. 흡사 자전거 보관소 같은 그곳에 'Dog Parking'이라고 적힌 흰 팻말이 붙어 있었다.

"개 주차장이네."

구구가 간단하게 정리했다.

"이 동네는 어디 들어갈 때 개를 여기에 묶어두나 봐요. 우리 집 근처 마트는 마트 앞에 있는 가로수에 묶어 놓으라고 하던데."

건물 안에서 사람이 나오자 개 한 마리가 벌떡 일어나 꼬리를 흔들었다. 구구는 묶여 있는 개들 중에서 덥수룩한 갈색 털을 가진 개에게 다가갔다.

"뭐 좀 물어봐도 될까? 내가 홍콩은 초행이라서."

꾸벅꾸벅 졸던 개는 구구의 말에 머리를 푸르르 흔들었다.

"애프터눈 티는 저쪽, 딤섬은 저쪽, 망고빙수는 이쪽, 에그타르트는 저쪽."

개는 그게 아니라고 말하려는 구구를 가로막으며 잽싸게 말을 이었다.

"무료 화장실은 이쪽저쪽, 중경삼림에 나오는 에스컬레이터는 이쪽."

"우린 관광을 하러 온 게 아니라 찾는 곳이 있어. 혹시 홍콩의 유명 영화사에 대해 알아? 콕 집어 말하자면 오우삼 감독이 새 영화를 찍는 곳을 알았으면 해. 거기 출연할 계획이거든."

"〈첩혈쌍웅〉 3편?"

"빙고."

"그럼 처음부터 그렇게 말을 하지, 그랬어."

개는 툴툴대면서 홍콩의 영화사들이 모여 있는 거리 이름을 알려주었다. 거기에 가면 홍콩에서 찍는 영화의 세트장이 전부 있을 거라고 덧붙였다.

"버스 정류장은 저쪽이야. 버스는 자주 오는 편이니까 바로 타면 30분 안에 도착할 거야. 차가 있다면 더 금방 가겠지만."

할 말을 다 한 개는 하품을 하더니 다시 낮잠에 빠져들었다. 구구는 콧노래를 흥얼거렸다.

"날마다 난 정처 없이 다녀요. 밤낮으로 떠도는 내 마음은 함께 걸어갈 사람을 찾고 있죠. 내 마음이 떠돌지 않게 해주세요. 어려움에 빠진 이웃을 외면하지 않는군. 역시 지구촌이야."

이 정도 일이 지구촌까지 들먹일 일인가. 그보다 처음 듣는 저 촉촉하기 그지없는 가사의 정체가 궁금했다.

"경고하는데, 무슨 노래냐고 묻지 마."

프린스가 다연에게 말했다.

"버스 정류장까지 가는 내내 또 〈첩혈쌍웅〉에 대한 이야기를 듣고 싶지 않으면. 난 지금도 지긋지긋하니까."

프린스의 예측은 벗어나지 않았다. 구구는 프린스의 입에서 제발 입 좀 다물어달라는 말이 나올 때까지 떠들어댔다. 홈쇼핑에 나와 온 힘을 다해 소갈비와 명품가방을 파는 쇼핑 호스트도 구구의 열정에는 발뒤꿈치도 미치지 못할 것이다. 발뒤꿈치는커녕 지하 3층에도 미치지 못할 것이다.

"이런 데 동물원이 있네."

다연은 개가 알려준 버스 정류장을 코앞에 두고 동물원 앞에서 멈춰 섰다. 어릴 때 엄마와 동물원에 간 적이 있다. 그림책에서만 보던 기린과 코끼리를 눈앞에 두고도 다연은 아이를 목말 태우고 걷는 남자 어른에게서 눈을 뗄 수 없었다.

"저기 버스 온다고. 안 탈 거야?"

프린스가 착실하게 버스 도착을 알렸다. 구구가 프린스의 어깨에 날개를 척 걸었다.

"시간도 많은데 뭘 서둘러. 어차피 오려고 했던 여행이잖아. 좀 구경하면 어때서."

"지금까지의 여정 중 어디가 여행이야? 죽을 고비를 몇 번이나 넘겼는지 알아?"

또다시 천사와 악마가 양쪽에서 구룩거렸다. 이번에도 누가 천사고 악마인지 모르겠지만, 다연은 결정했다.

"음, 지금부터는 여행이라고 생각하면 되죠."

다연은 동물원 안으로 들어갔다. 원숭이 우리와 연못에 서 있는 플라밍고를 지나 커다란 야외 풀장처럼 생긴 수조 앞에 다다랐다. 그곳에서 돌고래가 쇼가 펼쳐지고 있다. 조련사는 구경하는 사람들의 박수와 환호에 맞춰 돌고래에게 갖가지 동작을 시켰다. 돌고래는 실수도 없이 묵묵히 공을 받아내고 공중회전을 해냈다.

“무슨 생각해?”

“돌고래도 여기서 이렇게 살고 싶진 않을 거예요.”

“그렇겠지. 자유로운 바다를 떠나와서 훈련사가 만족할 때까지 수조 안에서 재주나 넘고 싶진 않겠지.”

“우린 다른 바가 없어요.”

“돌고래랑 너?”

다연은 고개를 끄덕였다. 가슴에 무거운 바윗돌을 올려놓은 것 같다. 코치의 지시에 따라 그저 운동장에서만 시간을 보낸 나. 그러는 동안 친구들과는 목표도 관심사도 달라졌다. 담임은 수업 분위기 흐리지 말고 메달이나 따서 네 갈 길 가라고 했다. 그저 달리는 것이 좋아서 육상을 시작했지만 어느새 그 마음은 먼지를 뒤집어쓴 채 어딘가에 처박히고, 그저 1등을 해서 메달을 따고 스카우터들의 눈에 들어 명문대 가는 것에 모든 초점이 맞춰졌다. 어느 순간부터 성적이 제일 앞에 있게 되었다. 달리기를 좋아하는 마음보다 앞에.

구구는 다연의 뺨을 타고 흘러내리는 눈물을 날개로 닦으려다가 프린스의 제지에 그만두었다.

“아직 인간과 비둘기는 그 정도로 친하지 않아.”

프린스는 낮게 읊조렸다. 그리고 덧붙였다.

"그냥 네가 제일 잘하는 방식으로 위로를 해."

"그런 바보 같은 생각은 몽땅 모아다가 재활용 쓰레기통에 던져버려."

프린스는 바로 그거야, 하는 표정으로 고개를 끄덕였다.

"재활용 쓰레기통도 사치야. 태우는 쓰레기용 봉지에 넣어서 소각장으로 보내버려."

"메달을 따지 못하고 좋은 대학에 못 가면……, 그래서 특별한 사람이 되지 못하면 불행할까요?"

다연이 기어들어 가는 목소리로 말했다. 지금껏 강한 척하던 열일곱은 어디 가고 얼굴 가득 두려움을 담고 있는 소녀가 산전수전 공중전까지 겪고도 그럭저럭 잠실 언저리에서 살아남은 아재 비둘기에게 물었다.

"그럴지도 모르지. 나는 해수 양이 전주비빔 말고 참치마요 삼각김밥을 가져온 날 확실히 더 행복했어. 비둘기로 태어나서 다행이라고 생각한 날도 있으니까."

"진심이에요?"

"물론 비둘기 말고 독수리나 백조처럼 인간들이 더 좋아할 만한 걸로 태어났으면 지금보다 나았을지 모르지. 근데 내가 인간들을 오랫동안 살펴보니까, 인간들은 어떻게든 삶은 이유를 만들어내는 족속들이더라고."

다연은 고개를 끄덕였다.

"아무리 특별한 삶을 사는 인간도 특별히 더 행복할 거라고 아무도 장담할 수 없어. 그러니까 넌 네가 하고 싶은 걸 해."

구구는 다연을 똑바로 바라보면서 말했다.

"……."

"그렇지만 넌 이제 겨우 열일곱이잖아. 천천히 생각한 다음 결정해도 돼. 네가 어떤 선택을 하던 우린 네 편이야. 물론……."

"물론, 뭐요?"

"물론 비둘기가 응원한다고 뭐가 달라지겠느냐마는."

♦ ♦ ♦

"그래도 홍콩까지 왔는데 에그타르트는 사 먹어야겠어요."

고민은 고민이고, 에그타르트는 에그타르트다. 온몸은 먼지투성이에 땀으로 흠뻑 젖은 상태지만 먹을 건 먹어야겠다. 다연은 버스를 타기 전에 가까운 에그타르트 가게에 들렀다.

"근데 왜 2개야……?"

구구의 떨리는 목소리.

"당연히 아저씨는 먹으면 안 되죠."

"이러지 마."

"아저씨는 느끼지 못하겠지만 허리가 엄청 날씬해졌어요. 슬슬 다이어트 효과가 나타나고 있다니까요."

다연은 에그타르트를 입안으로 밀어 넣었다. 겉의 페이스트리는 고소하고 속은 달걀의 담백하면서 물컹한 맛이 느껴진다. 달걀이 입안에서 부드럽게 풀어지면서 녹아내렸다.

"엄마도 에그타르트 먹어보고 싶다고 그랬는데."

"에그타르트는 마카오가 더 낫다는 리뷰를 구글에서 읽었어. 에그타르트 원조는 포르투갈인데, 마카오식이 원조에 더 가깝다고 해. 나중에 마카오에 가서 드셔보시라고 해."

에그타르트를 음미하던 프린스가 인터넷 검색창 버금가는 솜씨로 정보를 척척 내놓았다. 홍콩이 원조가 아니라니, 왠지 속은 기분이다.

다연은 우체국을 발견하고 걸음을 멈췄다. 엄마에게 에그타르트를 보낼 순 없지만, 엄마가 열일곱 살에 받고 싶었던 외국에서 온 편지는 지금 당장 보낼 수 있다. 엽서를 보내고 버스를 타자. 엽서를 받으면 엄마가 조금은 화를 풀지도 모른다.

우체국을 나와 다시 버스 정류장으로 가는 길에 구구가 한 곳에 시선을 고정했다. 구구의 시선이 꽂힌 것은 바로 육포였다. 백발이 섞인 짧은 머리를 한 아저씨가 기름이 촘촘하게 박힌 얇은 고기를 석쇠 위에서 직화로 굽고 있었다. 자기가 구운 육포를 혼자 다 먹어치운 거 아냐, 하고 의심을 받아도 할 말 없을 것 같은 풍채 좋은 아저씨는 마스크를 쓴 채 연기가 풀풀 나는 육포를 연신 이리저리 뒤집었다. 그리고 다 구워진 육포는 기다린 집게로 집어 진열대 위에 차곡차곡 쌓았다.

"고기는 살 안 쪄. 고기는……."

구구가 중얼거렸다.

"뭐라고요?"

"쌀밥도 망고우유도 에그타르트도 참았어."

"그런데요?"

슬슬 좋지 않은 예감이 차오른다. 설마.

"재 눈 봐. 지금 제정신 아니야."

프린스가 육포에 고정되어 있는 구구의 광기 어린 쥐눈이콩 눈알을 들여다보았다.

"인생…… 한방이야!"

새 주제에 또다시 인생을 외친 그 순간, 구구는 날아올랐다. 그리고 육포 진열대를 향해 마치 달을 향해 가는 로켓처럼 몸을 던졌다. 그리고 반질반질한 육포 한 장을 물고 날아올랐다. 평소 같았으면 아저씨, 드디어 10m 이상 날았어요, 하고 환호했을 텐데.

"아저씨, 미쳤어요?!"

다연은 놀라서 뒤집힌 목소리로 구구에게 소리를 질렀다. 구구는 아랑곳하지 않고 육포를 물고 달리기 시작했다. 다연은 뒤를 돌아보았다. 육포를 굽던 뚱뚱보 아저씨가 톰슨가젤을 쫓는 물소처럼 우리를 향해 돌진했다. 한 손에는 가위, 다른 한 손에는 집게를 들고. 구구와 프린스는 거리를 헤집었다. 눈앞에서 날개를 푸드덕거리는 비둘기를 피해 12cm짜리 하이힐을 신고 양손에 쇼핑백을 든 아가씨들이 비명을 지르며 쇼핑백을 흔들어댔다. 멀리서 이 장면을 보면 아마도 토네이도에 휘날리는 쇼핑백을 절대 놓치지 않기 위해 아가씨들이 고군분투하는 것처럼 보일 것이다.

"도대체 왜, 왜, 내가 이렇게 도망가야 하는 거죠? 이게 다 아저씨 때문이에요."

다연은 눈을 질끈 감고 내달렸다. 임팔라처럼, 치타처럼. 더 빠른 동물이 뭐더라. 머릿속이 새하얘졌다. 뚱뚱보는 이제 프로레슬러처럼 입을 크게 벌리고 험악한 표정으로 다연과 비둘기들을 쫓았다. 샤워를 한 것처럼 온몸이 땀범벅이다. 지금까지 흘린 땀이면 수영장 하나는 너끈히 만들 수 있을 것이다. 잡히면 끝장이다. 왜가리 3호에서도 무사히 도망쳤는데 이대로 잡히면 안 된다. 고작 육포 때문에. 육포를 훔친 비둘기 때문에.

"아저씨, 포기해요. 육포를 버리지 않으면 오디션도 휴대폰도 다 날아간다고요!"

그때 누군가의 손이 다연의 손을 붙잡았다. 그리고 잡아당겼다. 갑자기 눈앞에 컴컴해졌다. 철컥. 문이 닫히는 소리. 좁은 공간. 차 안. 이건 납치다.

"아무리 특별한 삶을 사는 인간도 특별히 더 행복할 거라고 아무도 장담할 수 없어. 그러니까 넌 네가 하고 싶은 걸 해."

구구는 다연을 똑바로 바라보면서 말했다.

"……."

"그렇지만 넌 이제 겨우 열일곱이잖아. 천천히 생각한 다음 결정해도 돼. 네가 어떤 선택을 하던 우린 네 편이야."

9

»»»

꿈꾸는 캐러밴

갑자기 눈앞에 밝아졌다. 다연은 어깨를 움츠리고 주위를 살펴보았다. 차창은 두터운 연어색 커튼으로 가려져 있었다. 커튼 아래에는 소파와 접이식 탁자가 있고, 벽에는 텔레비전이 걸려 있다. 차 안은 흡사 아기자기하게 꾸며놓은 작은 휴게실 같다. 다연이 앉아 있는 소파 옆에는 냉장고까지 있었다.

"안녕."

이 다정한 목소리는…… 왕대륙이다!

〈나의 소녀시대〉에서 본 왕대륙이 눈앞에서 말을 하고 있다. 눈부신 치아와 더듬이 앞머리, 하얀 셔츠까지 그대로다.

근데 왕대륙은 평소에도 이렇게 입고 다니는구나.

"놀랐을 텐데, 이거 마셔."

그는 놀라서 빼끔거리는 다연에게 물을 내밀었다. 왕대륙이 물을 주다니. 마치 스크린에서 손을 뻗는 것 같다. 4D 영화도 이렇게 생생하지 않을 거다. 턱걸이를 겨우 하나 할 수 있을까 말까 한 가냘픈 팔뚝이지만 다연은 마음속 채점표를 펼치고 가장 높은 점수를 주었다. 엄마의 응급실 동료가 알면 항의할 테지만 어쩔 수 없다. 사랑은 그런 거니까.

왕대륙은 앞머리를 손으로 슬쩍 올렸다.

"어휴, 하마터면 속을 뻔했네. 진짜 왕대륙인 줄 알았어."

구구의 말에 정신이 번쩍 들었다.

"혹시…… 왕대륙 아니에요?"

그는 수줍게 웃으며 고개를 저었다.

"난 위영이라고 해."

위영은 알아듣기 쉬운 영어로 천천히 말했다.

"나도 왕대륙 팬이야. 그를 좋아해."

"……."

저도 좋아하는데. 실망과 아쉬움이 번갈아 가며 느껴졌다. 이런 거지꼴로 진짜 왕대륙을 만나지 않아서 다행이기도 하고, 그럼에도 불구하고 아쉽기도 하다.

"무서운 아저씨한테 쫓기는 것 같아서. 나 때문에 놀란 건 아니지?"

위영은 의자에 앉아서 다리를 꼬았다. 까만 청바지에 흰 양말과 흰 운동화를 신은 그의 다리는 OMR카드에 칠하는 컴퓨터용 사인펜처럼 가늘었다.

"고맙습니다. 덕분에 살았어요. 근데 여긴 뭐 하는 곳이에요?"

"여긴 영화를 상영하는 캐러밴이야. 누구든지 원하는 영화를 볼 수 있어. 물론 공짜야. 간식도 마음껏 먹어도 돼."

위영은 다연의 어깨너머로 손을 뻗어 플라스틱 박스와 냉장고를 차례로 열었다. 위영이 가까이 다가오자 한 번도 맡아본 적 없는 향기가 났다. 엄마가 쓰는 화장품에서 나는 향과 다르다. 밀크 캬라멜에서 나는 것 같은 달달하고 조금은 느끼한 향. 저절로 입이 살짝 벌어졌다.

"먹고 싶은 게 있으면 뭐든 얘기해."

다연은 화들짝 놀라 입을 다물고 냉장고 안을 들여다보았다. 냉기가 줄줄 흘러나오는 콜라와 보석처럼 빛나는 과일이 꽉꽉 들어차 있다. 플라스틱 박스 안에는 팝콘과 나초가 가득했다.

"개와 고양이를 위한 사료와 카나리아 모이, 금붕어 밥도 있어."

여긴 세상에서 가장 작은, 하지만 가장 완벽한 영화관이 분명하다.

"두 사람과 두 마리의 비둘기가 자리한 이곳은 흡사 노아의 방주 같군. 물론 우린 대홍수가 아니라 육포집 사장님을 피해 이곳에 들어왔지만."

구구가 감격에 겨운 목소리로 말했다.

"에어컨 바람을 쐬니 이제야 살 것 같아. 여기서 잠깐 쉬었다가 나가자고."

프린스도 이곳이 마음에 쏙 든 눈치였다.

"뭐 먹을래?"

다연은 망설였다. 모르는 사람이 주는 걸 함부로 먹어도 될까. 게다가 낯선 차 안인데.

"……괜찮아요."

"난 안 괜찮아. 배가 고파서 똥 쌀 힘도 없어. 결국 육포는 한 입도 못 먹고 부리에 달콤 짭짤한 양념만 스치고 지나갔다고."

구구가 외쳤다. 아무거나 덥석 먹다가 길바닥에서 비명횡사하고 싶어요? 다연은 위영이 듣지 못하게 소곤거렸다.

"뚱보한테 잡혀갈 뻔한 우릴 구해줬잖아. 그것만 봐도 착한 인간인 게 분명해. 그리고 우리한테 먹을 걸 주는 인간은 지금까지 전부 착했어. 해수 양, 안젤리카, 필리핀 아가씨들. 안 그래?"

그렇긴 하다. 그리고 기껏 이방인에게 친절을 베푼 그가 실망하는 건 못 보겠다.

"그럼 저는 콜라로 할게요."

"나는 핫도그. 케첩과 머스터드를 잔뜩 뿌려서."

이건 구구의 끼어들기.

"핫도그는 절대 안 돼요."

이건 다연의 원천봉쇄. 하지만 바나나 정도는 괜찮을 것 같다.

"혹시 이 비둘기한테 바나나를 줘도 될까요?"

"물론이지."

"인간이 만든 완벽한 식품을 두고 자연이 선물한 과일 따위로 만족하라고? 말도 안 돼."

다연은 구구의 항의를 무시하고 콜라를 한 모금 마셨다.

"소나기가 오나 봐."

위영은 손가락으로 캐러밴 천장을 가리켰다. 비둘기들이 단체로 탭댄스라도 추는 듯 캐러밴 천장에서 통통 소리가 났다. 다연은 커튼을 살며시 열어 밖을 내다보았다. 검은 구름이 금세 도시의 하늘을 덮었다. 멀리서 천둥소리가 나더니 번개가 번뜩이며 어두운 하늘을 갈랐다.

"혼자 여행 중이야?"

"그건 아니고…… 실은 〈첩혈쌍웅〉 3편에 출연하려고 홍콩에 왔어요."

"네가?"

"아, 아뇨. 이 비둘기가요."

영화배우로 소개가 된 구구가 흡족하게 고개를 까닥거렸다.

"오늘 낮 12시에 오디션이 있어서 거기 가는 중이었어요."

"아하."

"혹시 어딘지 아세요?"

"물론이야. 나도 거기에 오디션을 보러 간 적이 있는걸. 키가 작아서 거절당하긴 했지만. 괜찮다면 내가 데려다줄게. 간 김에 새로운 오디션 공고가 있는지도 확인할 겸."

위영은 더듬이 앞머리를 쓸어 올렸다.

"비가 오니 당장 나가긴 힘들 것 같고……. 영화 좋아해? 보고 싶은 게 있으면 틀어줄게. 영화사는 여기서 가까워. 차로 가면 10분이면 충분해."

"영화 한 편 보고 출발하면 오디션 시간에 딱 맞겠어. 〈첩혈쌍웅〉 1편 틀어달라고 해."

이번에도 구구가 끼어들었다.

"싫거든요? 〈나의 소녀시대〉 볼 거예요."

"오디션 전에 감정 몰입하기 위해서는 꼭 〈첩혈쌍웅〉을 다시 봐야 해. 배우한테 감정이 얼마나 중요한지 몰라?"

"무슨 아저씨가 이렇게 떼를 써요?"

"부탁해. 이제 주윤발 따거 턱밑까지 다가온 기분이라고. 따거 앞에서 멋지게 날아오르고 싶어."

"……."

졌다. 다연은 위영에게 〈첩혈쌍웅〉 1편을 틀어달라고 부탁했다. 위영은 훌륭한 선택이라며 빙그레 웃었다.

영화 시작과 동시에 구구는 화면 속 주윤발에게 빠져들었다. 주윤발이 어처구니없을 정도로 남발되는 슬로모션으로 총을 쏠 때마다 구구는 소녀 팬처럼 눈을 반짝였다. 구구는 비둘기지만 확실한 꿈이 있다. 누가 뭐래도 난 정말 이걸 좋아한다고 크게 외칠 수 있는 것. 인간이라고 전부 꿈을 가진 것은 아니다. 하지만 구구에게는 있다.

다연은 영화보다 팝콘에 집중하면서 위영의 옆얼굴을 힐끔힐끔 보았다. 자세히 보니 진짜 왕대륙만큼 잘생기진 않았다. 하지만 친절하고 좋은 사람이다. 혹시 여자 친구가 있을까? 누구랑 살고 있을까? 왜 이런 공간을 만들었을까? 그에 대해 알고 싶다. 그런 생각을 연달아서 하자 맥박이 도도도도 하고 빨라졌다.

"이곳은 나한테 아주 특별한 곳이야."

위영이 다연의 귀에 대고 속삭였다.

"난 여기에 숨었어. 난 남자를 사랑하거든."

"……!"

"하지만 그것뿐이야. 난 누굴 해치지도 괴롭히지도 않았어. 하지만 날 싫어하는 사람들을 피해서 숨어야 했어. 그래서 나처럼 숨을 곳을 찾는 사람을 위해 영화를 틀어주기로 결심했지. 그러면 적어도 2시간 동안은 원하는 꿈을 마음대로 꿀 수 있을 테니까. 깜짝 놀랄 만큼 큰돈을 주고 가는 사람도 있어. 하지만 나에게 돈은 별로 중요하지 않아. 대신 누군가가 소망하는 일에 힘을 실어주라고 얘기해. 안 된다는 말 대신 손을 내밀어주라고. 난 그 약속을 돈 대신 받아."

〈첩혈쌍웅〉은 결말을 향해 달려가고 있었다. 킬러를 쫓던 형사는 어느새 킬러의 인간미에 반해 거의 그의 친구처럼 움직였다. 땀을 뻘뻘 흘리면서 함께 악당을 향해 총을 쏘는 두 사람은 둘도 없는 콤비처럼 보인다.

"하지만 그 약속을 지킬까요? 약속을 지키는지 안 지키는지 감시하는 사람도 없잖아요."

"믿는 거지. 그런 마음으로 캐러밴 밖을 내다보면 세상이 조금은 아름다운 곳으로 보여."

"저 청년이 게이라고?"

영화에 빠져 있던 구구가 그제야 고개를 돌리고 입을 열었다.

다연이 고개를 끄덕이자 구구는 "오우"라고 말했다. 좋다는 건지 싫다는 건지. 다연은 콜라를 한 모금 마셨다. 어쩌면 첫사랑이 될 뻔한 남자가 남자를 좋아하다니. 콜라가 별로 달콤하지 않다.

"그게 뭐 어떻다고. 그렇다고 저 친구가 가진 좋은 점이 하나라도 사라져? 너희가 먹고 마신 것들이 달라지기라도 해?"

프린스가 삐딱하게 말했다.

다연도 그렇게 생각한다. 하지만 조금은 아쉽다는 거다. 조금은.

"에미넴은 이렇게 노래해. 나는 네가 흑인인지 백인인지, 이성애자인지 양성애자인지, 게이인지 레즈비언인지, 키가 작은지 큰지, 뚱뚱한지 말랐는지, 부자인지 가난한지 신경 쓰지 않아. 네가 나에게 친절하면 나 역시 너에게 친절할 뿐이지. 간단하잖아."

다연은 귀퉁이가 나달나달한 종이에 적힌 노래 가사를 읽어보았다. 가사는 전부 쉬운 영어였다. 쉽지만 가볍지는 않은 말들이었다.

"부모님은 제가 아기였을 때 이혼했어요. 어릴 때부터 친구들과 다르다는 게 너무 싫었어요. 그냥 보통의 평범한 집에서 태어났으면 좋았을 텐데."

그렇게 말하고 나니 등줄기가 부르르 떨린다. 남들과는 다른 처지에 처한 나 자신을 생각하니 슬프기도 하고 안타깝기도 하고 동화책에서 본 가족과 떨어져 혼자 남은 비련의 공주가 된 것 같기도 하다.

"보통이라고 말할 수 있는 사람은 없어. 크든 작든 누구나 남들과는 다른 삶을 살아. 그러니까 '보통'이라는 건 없지. 가족의 형태는 많아. 아버지가 없는 집, 어머니가 없는 집, 아이가 없는 집, 나처럼 혼자인 집."

"그래도 아빠에 관해 아는 게 없다는 건 속상해요."

그런 건 뭐 하러 닮았담. 엄마는 다연이 맵고 짜게 먹으면 그렇게 혼잣말을 했다. 다연은 그 말을 듣고 아빠도 나처럼 맵고 짠 음식을 좋아한다는 걸 알게 되었다. 그렇다면 아빠도 불닭구이 맛 핫바를 좋아할 게 분명하다. 한강공원 벤치에 앉아 핫바를 먹을 때마다, 아빠가 신나는 표정으로 핫바를 먹는 장면을 상상했다.

"아빠에 관해 잘 모르더라도 아빠를 사랑할 순 있어. 그건 너한테 달린 일이야."

"그렇지만 계속 이런 생각이 들어요. 만약 내가 생기지 않았더라면 엄마와 아빠는 헤어지지 않았을까?"

아니면 아빠가 1군 선수가 된 다음에 내가 생겼더라면. 그래서 엄마는 학교에 다니고 친구들과 경주로 자전거도 타러 갈 수 있었더라면. 그런 다음에 내가 생겼더라면. 그랬다면 아빠와 엄마, 나는 어떻게 되었을까.

"그건 어른들의 일이야. 네 잘못도 네가 어찌할 수 있는 일도 아니야."

위영은 단호하게 말했다.

"저기 말이야, 속 깊은 대화도 좋지만 너도 좀 뭘 먹지, 그래. 곧 나가야 하니까 배를 좀 채우라고."

엔딩 크레딧까지 눈물을 흘리며 본 구구가 목이 멘 목소리로 말했다. 지극히 비둘기다운 사고방식이지만 배가 고프지 않다.

"별로 먹고 싶지 않아요."

"어허."

구구가 탄식하며 중얼거렸다. 그리고 "아무래도 이건……"까지만 말하고 의미심장한 눈으로 다연을 바라보았다.

"뭐가요?"

"좋아해?"

"네?"

"좋아하냐고?"

"누구를요?"

"에이, 알면서."

으악. 정말로 으악이다. 구구는 여름날 물풍선처럼 기습적으로 공격했다.

"……그 입 다물어요."

"이제 슬슬 나가자고. 할 일이 많아."

방주에 머물던 노아에게 땅에 물이 빠졌다는 신호를 가지고 온 새처럼 프린스가 말했다.

"어떻게 생각해?"

구구가 물었다.

"뭐가요?"

"아까 봤잖아, 모르겠어?"

"전혀 모르겠어요."

"나름 멜랑콜리한 감성을 담아서 연기한 건데. 방금 치명상을 입고 쓰러지는 따거 옆에서 애수를 띤 채 날아오르는 연기를 보여줬잖아."

5분 전. 구구가 난데없이 달리는 캐러밴 안에서 푸드덕거린

통에 마주 오던 오토바이와 부딪힐 뻔했다.

“어휴, 진짜. 아저씨 때문에 한국에 못 돌아갈 뻔했잖아요!”

한숨을 하도 많이 쉬어서 몸속 산소가 전부 바닥난 기분이다.

연기에 대해서는 전혀 모르지만, 연기를 달리기라고 생각하면 지금부터 중요한 건 조용히 생각에 집중하는 것이다. 달릴 때 팔꿈치 각도는 어떻게 유지해야 하는지 무릎이 올라가는 높이는 얼마가 이상적인지. 막상 달리기 시작하면 아무 생각을 할 수 없다. 그렇기 때문에 달리기 전에 그런 것들을 되새기면서 절대로 뇌에서 떨어지지 않게 만들어야 한다. 구구처럼 호들갑을 떨 것이 아니라.

“지금부터라도 감정을 좀 잡고 차분하게 있는 게 어때요? 똑같은 비둘기들 사이에서 특별하게 보이려면 뭔가 다른 점이 있어야 해요. 게다가 아저씨는 하얀 비둘기도 아니니까 연기력으로 승부를 볼 수밖에 없잖아요.”

어째서 이렇게 진지하게 조언을 하고 있는지 모르겠다. 하지만 아저씨가 바라는 대로 됐으면 좋겠다.

아쉽게도 위영이 원하는 오디션은 없었다. 그래도 그는 웃으면서 돌아섰다. 행운을 빌게. 그는 그렇게 말하고 다시 자신의 캐러밴으로 돌아갔다. 그가 남자를 좋아하는 사람이라도 상관없다. 그는 고운 심성을 가진 사람이고 배울 점이 많은 올바른 어른이다. 좋아한다는 말을 할 수는 없지만 좋아하는 마음까지 지우지는 않기로 했다. 어쩌면 콜라를 마실 때마다 그가 떠오르겠지만. 콜라를 마실 때마다 생각나는 사람이 하나쯤 있는 것도 괜찮은 일이니까.

"저 청년이 게이라고?"

"그게 뭐 어떻다고. 그렇다고 저 친구가 가진 좋은 점이 하나라도 사라져? 너희가 먹고 마신 것들이 달라지기라도 해?"

"에미넴은 이렇게 노래해. 나는 네가 흑인인지 백인인지, 이성애자인지 양성애자인지, 게이인지 레즈비언인지, 키가 작은지 큰지, 뚱뚱한지 말랐는지, 부자인지 가난한지 신경 쓰지 않아. 네가 나에게 친절하면 나 역시 너에게 친절할 뿐이지. 간단하잖아."

10

»»»

지구의 어두운 모퉁이

"이 비둘기는 홍콩 출신이에요."

다연은 흰색 폴로셔츠를 입은 배불뚝이 캐스팅 디렉터에게 말했다. 남자는 기름진 이마에 흐르는 땀을 닦으며 연신 고개를 갸웃거렸다. 두 사람이 서 있는 곳은 커다란 회색 건물이 줄지어 늘어서 있는 곳이다. 건물마다 촬영 장비를 든 제작진들이 일사불란하게 드나들었다.

"게다가 이 비둘기의 아버지는 〈첩혈쌍웅〉 1편에 출연했어요. 그의 하나뿐인 아들이 같은 영화에 출연하는 거예요. 멋지지 않아요?"

다연은 긴 팔을 휘저어 가며 시큰둥한 표정으로 구구를 내려다보는 남자에게 말했다.

"우리 아버지한테 아들이 나 하나였어? 전혀 몰랐어."

구구가 어리둥절한 목소리로 물었다.

"그냥 하는 말이에요. 그래야 더 그럴듯해 보이잖아요."

아, 그런 거야? 구구는 납득했다는 듯 두 날개를 활짝 펼쳐 보였다. 그리고 보디빌딩 대회에 출전한 선수처럼 정면, 측면, 후면을 순서대로 남자에게 보여줬다.

"이 비둘기는 영화에 출연할 만큼 하얗지 않아. 오직 여기만 하얗다고."

다연은 한숨을 쉬었다. 그의 말대로 구구는 평범하다. 영화에 나오는 흰 비둘기처럼 처연한 매력 같은 건 아예 없다.

"하지만 이 비둘기는 주윤발을 진심으로 존경하고 좋아해요. 남자들의 우정과 의리를 이해하고 날 수 있는 비둘기는 이 비둘기 말고 없을 거예요."

캐스팅 디렉터는 통통한 허리춤에 두 손을 올린 채 다연의 필사적인 설명을 들었다. 손에 쥔 무전기에서 알아들을 수 없는 말이 치직 소리와 함께 계속 흘러나왔다.

"근데 저 흰 비둘기는 출연시킬 생각 없어? 흰 비둘기는 많으면 많을수록 좋거든. 흰 비둘기가 나온다면 생각해보지."

"난 못해!"

"어서 오케이라고 해!"

서로 입장 차가 확연한 두 비둘기가 동시에 외쳤다.

"빨리 결정해. 시간이 없어."

남자는 손목에 찬 시계를 보며 선심 쓰듯 느긋하게 말했다.

"말만 저렇게 하고 사실은 우리가 출연하길 잔뜩 기대하는 거 아냐?"

"설마요. 너무 좋은 쪽으로만 생각하는 거 아니에요?"

"혹시 모르지. 오늘 오기로 한 흰 비둘기들이 대거 결석했을 수도 있잖아. 그래서 한 마리라도 아쉬운 상황인지도 모르지."

"……원 플러스 원으로 팔려가는 기분이 뭔지 정확히 알겠어."

프린스는 말라빠진 뱃속을 쥐어짜는 것 같은 목소리로 말했다.

"역시 남자들의 진한 우정!"

구구의 외침에 프린스는 몇 가닥 없는 빈약한 가슴 털을 부르르 떨며 닥쳐, 하고 대꾸했다.

"얼른 우리 둘 다 출연하겠다고 남자한테 말해줘."

"말할까요, 말까요?"

다연은 씨익 웃으면서 팔짱을 꼈다.

"이러지 마……. 나 진짜 울 거야. 이미 눈물이 나는 것 같아. 내가 땅바닥에 이 대가리를 처박고 오열이라도 해야 속이 시원하겠어?"

"에이, 농담이에요."

다연은 캐스팅 디렉터를 향해 양손으로 오케이 사인을 만들었다. 남자는 토스트 가게에 걸려 있던 주윤발 사진처럼 느끼하게 웃으면서 엄지손가락을 치켜들었다. 그리고 통통한 허리를 돌려 회색 건물을 향해 앞장섰다.

"역류를 거슬러 헤엄치는 연어의 기분이 바로 이런 걸까."

구구는 남자를 설득하느라 맥이 풀린 다연과 실연이라도 당한 것처럼 터덜터덜 걷는 프린스는 아랑곳하지 않고 승리의 기쁨에 도취했다.

"역시 될 줄 알았어. 만약 한강에서 포기했다면 이런 날은 오지 않았을 거야. 안 그래?"

그래요, 다연은 대충 대꾸했다. 하지만 솔직히 꽤 기쁘다. 100% 생과일주스를 벌컥벌컥 마신 것 같다. 물도 설탕도 넣지 않은 아주 진하고 시원한 생과일주스를.

〈첩혈쌍웅〉 3편의 클라이막스가 펼쳐질 성당 형태의 세트장은 기가 막힐 정도로 볼품이 없었다. 어떻게 보아도 가짜 티가 풀풀 나는 시멘트로 바른 벽과 싸구려 스테인드글라스, 먼지를 뒤집어쓴 긴 의자들, 그 난장판 안에서 성모 마리아가 촛불을 조명 삼아 빛나고 있었다.

다연은 카메라 앵글에 잡히지 않는 의자에 앉으려다가 깜짝 놀라서 벌떡 일어났다. 먼지인 줄 알았던 그것은 전부 비둘기 똥이었다. 다연은 고개를 들어 앙상한 철골이 드러나 있는 천장을 올려다보았다. 철골을 나뭇가지처럼 잡고 앉아 있는 흰 비둘기들이 가득하다. 새하얀 솜이불처럼 뭉쳐 있는 비둘기들은 계속해서 똥을 쌌다.

"나, 어때 보여?"

잔뜩 긴장한 목소리로 구구가 물었다.

"똑같아요."

"똑같다고?"

"네. 한강에서 볼 때나 지금이나 똑같아요. 근데……."

"근데?"

"살은 빠졌어요. 확실하게."

구구는 비둘기들이 모여 있는 천장으로 올라갔다. 구구는 깨끗한 솜이불 속에 처박힌 더러운 실내 슬리퍼처럼 아주 잘 보였다. 덕분에 〈첩혈쌍웅〉 3편이 개봉하면 구구가 어디서 날고 있는지 알아보기는 쉬울 것이다.

캐스팅 디렉터가 신호를 보내자, 한 남자가 호루라기를 짧게 불었다. 그 순간, 비둘기들이 성모 마리아를 향해 일제히 날아가기 시작했다. 온통 푸드덕하는 날갯짓 소리만 가득한 와중에 구구가 외쳤다.

"이게 뭐야? 따거는 어디에 있는 거야? 이 바보 같은 비둘기들이랑 이런 식으로 나는 게 끝이야?"

사실 오늘 촬영에 주윤발은 등장하지 않는다. 주윤발뿐만 아니라 인간이라고는 아무도 등장하지 않는다. 그저 비둘기만이 천장에서 대기하다가 호루라기 소리에 맞춰 이쪽저쪽으로 나는 배경만 찍는 날이었다.

"그 애수에 젖었던 성당이 세트장이었다는 것만으로도 충격인데, 따거와의 교감도 없이 이런 식으로 비둘기의 노동력을 갈취하다니."

구구는 불만을 토로하면서도 착실하게 성모 마리아와 천장을 오갔다.

"진정한 프로라면 어떤 환경에서도 최선을 다해야 하는 거 알죠?"

다연은 눈을 찡긋하고 세트장 밖으로 나갔다. 지친 표정의 프린스는 이미 나와 있었다.

"아저씨는 영화에 출연하고 싶지 않아요?"

"난 라이브 체질이야. 저런 어설픈 촬영은 딱 질색."

다연은 쿡쿡 웃으면서 프린스 옆에 앉았다. 낮의 열기에 데워진 아스팔트가 따끈따끈했다.

"기분 좋아 보여."

"왜 좋은지는 모르겠는데 기분이 좋아요."

"이유가 뭐 중요해. 좋으면 좋은 거지."

좋으면 좋은 거지. 다연은 프린스가 한 말을 곱씹었다. 지금이 상태가 좋다. 마음껏 웃은 건 정말 오랜만이다.

"꼭 달릴 때만 행복한 건 아니구나, 그런 걸 처음 느꼈어요. 어쩌면 앞으로 육상을 하지 않는다고 해도 괜찮을 것 같기도 해요."

"달릴 때만 네가 존재하는 게 아니니까. 달리든 못 달리든, 너라는 사람의 가치는 변함없어. 나는 이런 사람이야, 이렇게 살아야 해, 하고 고정해두면 위기가 닥쳤을 때 제대로 대응할 수가 없어. 스스로 가둬둔 셈이니까. 사실 이건 내 이야기이기도 해. 또 내 마술사 주인의 이야기이기도 하고."

다연은 고개를 끄덕였다. 달리지 못하는 바람에 여기까지 왔다. 엄마와 할머니 없이 이렇게 멀리까지 혼자 오게 될 줄은 몰랐다. 물론 정말로 '혼자'는 아니지만.

세트장 안에서 구구의 외침이 새어 나왔다. 구구는 〈첩혈쌍웅〉 주제곡을 목 놓아 부르며 감정이입을 하고 있었다. 비록 성심이 우러나오는 진짜 성당은 아니지만. 주윤발은커녕 땀을 줄줄 흘리는 제작진들만이 지켜볼 뿐이지만.

♦♦♦

“나는 최선을 다했어.”

하늘은 붉디붉었다. 빨간 물감을 엷게 풀어서 칠해 놓은 것 같다. 저녁이 되었지만 조금도 시원하지 않았다.

“나중에는 급기야 눈앞에 따거가 있는 것 같더라니까.”

구구는 계속 출연 소감을 곱씹고 또 곱씹었다.

“긴장해서 헛것이 보인 게 아닐까요? 저도 아빠가 경기장에 안 오는 날이면, 멀뚱히 서 있는 가로수가 아빠로 보일 때도 있거든요.”

“앞으로 10년은 저 소리를 듣겠군. 벌써 지겨워.”

“비둘기가 그렇게 오래 살아요?”

구구와 프린스가 동시에 다연을 째려보았다.

“이렇다니까. 너희들이 70, 80년씩 산다고 고작 20년을 사는 우리가 우습냐?”

구구가 일침을 날렸다.

"인생에서 중요한 건 밀도야. 그리고 가는 데는 순서 없단다."

그리고 너무나 살벌한 프린스의 한 마디.

"아저씨들 오래 볼 수 있어서 좋다는 뜻으로 한 말이에요. 오해하지 마세요."

이번만은 그 마음 받아주지, 프린스가 거만하게 대꾸하며 배낭 안으로 들어갔다. 뒤이어 구구도 들어갔다. 다연은 묵직한 배낭을 고쳐 멨다. 이제 30분 후면 휴대폰 공장에 도착한다.

"휴대폰을 찾으면 아빠랑 찍은 사진이랑 가족사진을 전부 뽑아서 방에 붙여놓을 거예요."

다연은 현지인처럼 능숙하게 옥토퍼스 카드로 개찰구를 통과했다.

"갑자기 어그레시브한 여고생이 되려고? 자네 모친께서 가만있을까?"

구구와 프린스는 배낭 지퍼를 대담하게 내리고 탁구공만 한 얼굴을 아래위로 내놓고 홍콩 지하철 풍경을 관망 중이었다.

"엄마가 싫어하겠지만 그래도 할 수 없어요. 휴대폰은 이제 못 믿어요. 달리기 기록도 전부 벽에 적을 거예요."

더 이상 휴대폰 속에 중요한 건 저장하지 않을 것이다. 어릴 때 할머니가 왜 내 키를 재고 거실 벽에 그대로 볼펜으로 썼는지 이제야 알겠다. 휴대폰은 잃어버려도 벽은 잃어버릴 수가 없으니까! 할머니의 메모는 10년이 지난 지금도 그대로 남아 있다.

"넌 왜 애가 극단적이니? 야동과 문서를 다람쥐처럼 모아두는 걸 좋아하는 인간들이 만든 외장하드라는 게 있단다. 굳이 벽에 적을 이유가?"

"둘 다 조용히 하고 음악 소리 나는 곳으로 좀 가봐."

프린스는 슛제 다연을 아바타처럼 조종했다. 다연은 프린스의 말대로 음악 소리를 따라 플랫폼 끝으로 걸어갔다.

"마술 공연?"

애처로울 정도로 구경꾼이 없는 마술 공연이 막 시작되었다. 마술사는 제법 마술사다운 복장에 큼지막한 모자까지 쓰고 있건만 큰 눈을 불안하게 굴리면서 카드 마술을 선보였다. 플랫폼 바닥에는 텅 빈 바이올린 케이스가 펼쳐져 있었다.

"짠하구먼."

"처음엔 다 저래."

"보기 민망할 정도인데?"

"못 봐주겠군."

프린스가 배낭 밖으로 나왔다.

"미리 말하는데, 이건 인류애적인 차원에서 돕는 거야. 절대 마술이 다시 하고 싶다거나 그 시절이 그리워서 이러는 게 아니라는 것만 알아둬."

프린스는 카드를 들고 벌벌 떨고 있는 마술사의 뒤로 날아갔다. 그리고 코트 속으로 들어가 마술사가 소매 속에 숨겨놓은 붉은 스카프를 마술사의 손에 쥐여주었다.

"이 짓을 다시 할 줄은 몰랐는데."

프린스는 중얼거리며 마술사의 팔뚝을 부리로 살짝 꼬집었다. 이건 예전 마술사와 일하던 시절의 약속이다. 프린스는 관객의 반응을 보고 나갈 타이밍을 정할 줄 아는 비둘기였다. 마술사는 프린스가 사람의 감정을 읽을 수 있는 기가 막힌 비둘기라는 걸 알고는 프린스의 신호를 따랐다.

"이 똥멍청이가 이걸 알아들으려나."

이번에는 아까보다 조금 더 세게 꼬집었다. 마술사는 아얏, 하는 표정으로 잠시 멈칫하더니 검게 펄럭이는 코트 소매를 모여든 구경꾼을 향해 펼쳤다. 그리고 프린스가 손에 쥐여준 붉은 스카프를 공중으로 던졌다.

"……아예 바보는 아니군."

그 순간, 프린스는 몸을 날렵하게 만들어 마술사의 소매에서 탈출했다. 그리고 눈을 크게 뜨고 입을 벌린 사람들 위를 우아하게 한 바퀴 날아 마술사의 오른손 검지 위에 부드럽게 안착했다. 박수가 쏟아져 나왔다. 텅 비어 있던 바이올린 케이스 속으로 동전이 날아들었다. 프린스 덕분에 기운을 차린 마술사는 곧바로 다른 마술을 준비했다. 그리고 프린스는 사람들이 눈치채지 못하게 다연의 배낭으로 돌아왔다.

"반응 좋은데, 뭐라도 하나 더 보여주지, 그래?"

구구가 슬쩍 말했다.

"됐어."

"왜 그래, 화났어?"

"그런 거 아냐."

프린스는 무뚝뚝한 표정으로 고개를 돌렸다.

"아저씨도 기분 좋은 거죠?"

구구가 새로운 마술에 한 눈을 파는 사이, 다연은 프린스에게 소곤거렸다.

"뭐?"

"사람들이 좋아하니까 기분 좋잖아요."

"……그런 거 아니라니까."

"그래요. 이유가 뭐가 중요해요. 좋으면 좋은 거죠."

♦♦♦

뜨끈한 저녁 공기를 타고 녹슨 쇠 냄새가 났다. 공장은 그 자체로 거대한 고물 덩어리처럼 보였다. 다연은 이제 막 공장을 떠나려는 남자를 붙잡았다. 그리고 여기까지 오게 된 사연을 털어놓았다. 아쉽게도 남자는 영어를 잘 알아듣지 못했다. 그래도 다연은 설명했다.

이야기를 다 들은 남자는 네모난 얼굴 가득 황당하다는 표정을 지었다. 어디까지 알아들었는지는 확인할 길이 없지만 남자는 인내심 있게 다연의 이야기를 끝까지 들어주었다. 똥똥한 체격의 남자는 말 없이 고개를 끄덕이고 푸릉, 하고 코를 풀었다. 남자는 코 푼 휴지를 잘 접어서 주머니에 넣고 따라오라는 손짓을 하고 앞장섰다.

"따라갈 거야?"

구구가 배낭 속에서 물었다.

"지금이라도 뒤를 돌아서 공항으로 가는 것도 나쁘지 않아. 그깟 휴대폰은 잊고 새 출발 하는 거지."

프린스가 말했다. 새 출발. 다연은 어디서 많이 들어본 그 말을 되새겼다.

"전 새 출발 안 해요. 킵 고잉할 거예요."

다연은 남자를 따라 공장 안으로 들어갔다. 남자는 다연에게 이 공장에 모여 있는 휴대폰에 관해 설명했다. 신형이고 비교적 상태가 좋은 휴대폰은 값을 두 배로 쳐주기 때문에 따로 모아놓는다고 했다. 반면 구형 휴대폰은 분해해 금으로 된 부속만 떼어내고 전부 폐기물 공장행이었다. 남자의 설명을 다 알아들을 순 없었지만 분류해놓은 휴대폰만 보아도 휴대폰의 운명은 쉽게 짐작할 수 있었다.

다연은 기종 별로 모아놓은 휴대폰 더미 속에서 어렵지 않게 자신의 휴대폰을 찾았다. 휴대폰은 액정도 깨지지 않은 채 그대로 있었다. 그걸 손에 쥐고 나서 다연은 깨달았다. 사실은 절대 휴대폰을 찾지 못하길 바랐다는 것을. 그날 버스 안에서 휴대폰을 잃어버리고 그걸 찾겠다고 여기까지 오는 동안, 어쩌면 영원히 휴대폰을 찾지 못했으면 하고 바랐다. 핑계가 필요했다. 만약 앞으로 다시는 예전처럼 달릴 수 없게 되었을 때 나 자신과 사람들을 속일 핑계가. 그리고 아빠와 이혼한 엄마를 정당하게 미워할 핑계가.

이젠 아니다. 휴대폰과 달리기는 아무 상관 없다. 그저 세 식구의 사진과 달리기 기록이 담긴 휴대폰을 되찾고 싶을 뿐이다. 다연은 전원을 꾹 눌렀다. 하지만 휴대폰은 텅 비어 있었다. 사진 폴더와 메모장을 열었지만 아무것도 없었다. 휴대폰을 중고로 팔기 위해서는 공장 초기화가 기본이다. 머릿속이 순간 멍해졌다. 그 당연하고 기본적인 걸 왜 놓쳤을까. 도대체 여기까지 왜 온 걸까.

푸릉. 다연의 곁에 서 있던 남자가 또다시 코를 풀었다. 아까처럼 휴지를 잘 접어 주머니에 넣은 남자는 이번에도 손을 까닥, 하고 앞장섰다. 관리실 같은 허름한 공간에 들어선 남자는 사무용 전화기를 들고 말했다.

"패밀리."

그 단순한 한 마디가 갑자기 너무 많은 기억을 불러왔다. 다연은 전화기를 들고 번호를 눌렀다.

— 여보세요.

"엄마."

— 용감한 백영미 딸, 잘 있어? 아픈 데는 없고?

"응, 없어. 괜찮아."

— 그래, 잘 있으면 됐어. 밤에 비행기 탈 거지?

"응."

— 엄만 걱정 하나도 안 했어. 엄마는 너보다 백만 배 더 용감하잖아. 비행기 타고 잘 돌아와.

"응."

— 그래.

"엄마, 휴대폰을 찾았는데 아무것도 없어. 사진도 기록도 전부 날아갔어. 아빠랑 찍은 사진도 우리 셋이 찍은 사진도 육상 기록도…… 아무것도 없어."

— 우리 딸 엄청 속상하겠다. 그런데 다연아,

엄마도 우는 걸까? 아니면 집이랑 홍콩이랑 멀어서 그런 걸까. 엄마 목소리가 떨리는 것 같다.

— 사진이랑 기록이 지워져도 기억은 그대로야. 네가 누구보다 열심히 달렸다는 사실도, 엄마 아빠가 서로 사랑해서 널 낳았다는 사실도…… 절대 지워지지 않아.

"응……."

— 어서 돌아와. 엄마가 집에서 기다릴게.

다연은 공장을 나와서도 계속 서럽게 울었다. 우는 아이 달래는 법을 배운 적 없는 두 아저씨는 난감한 표정으로 다연의 뒤를 따랐다.

"비둘기 공용 폰이 있었으면 바로 검색해볼 텐데."

"뭘?"

"우는 애 달래는 법."

"미치겠군."

구구는 훌쩍이는 다연의 앞을 가로막았다.

"먹이를 찾아 산기슭을 어슬렁거리는 하이에나를 본 일이 있는가."

"……에?"

눈물 콧물 때문에 코가 꽉 막힌 다연이 말했다.

구구는 아랑곳하지 않고 구성지게 부리를 놀리며 노래했다.

"'자고 나면 위대해지고 자고 나면 초라해지는 나는 지금, 지구의 어두운 모퉁이에서 잠시 쉬고 있다.' 이제 이게 무슨 의미인지 알겠지? 바로 여기가 지구의 어두운 모퉁이 아니겠어?"

다연은 주접을 떨고 있는 구구를 물끄러미 바라보았다. 구구 말대로 이곳은 홍콩의 화려함과는 거리가 먼 온갖 초라한 것들이 모인 곳이었다. 그리고 결국 휴대폰 속 가족사진과 달리기 기록을 찾지 못한 초라한 나 자신이 처음과 똑같이 비둘기 두 마리와 남겨졌다.

"이 큰 도시의 복판에 이렇게 철저히 혼자 버려진들 무슨 상관이랴, 나보다 더 불행하게 살다간 고호란 사나이도 있었는데."

구구가 거기까지 읊조리자 언제 이 노래를 들었는지 생각났다. 해수 언니와 한강공원 벤치에 앉아 컵라면을 먹던 그때, 구구는 저 노래를 부르며 라면을 구걸했다. 그리고 언니가 준

한 가닥의 라면을 참 맛있게 쪼아 먹었다. 며칠째 구경도 못 한 얼큰한 라면. 라면을 생각하자 눈물이 쏙 들어갔다.

"……알겠으니까 이제 그만해요."

"뭘 알겠다는 거야? 난 그저 노래를 부르고 있을 뿐인데."

"나 바보 아니에요. 나 울지 말라고 일부러 부른 거잖아요."

"좋은 기억만 가지고 돌아갔으면 해서."

"……."

"나쁜 기분이 사라지지 않으면 좋은 기분을 이불처럼 덮으면 돼."

"말도 안 돼요."

"나도 알아. 멋있게 보이려고 그냥 해본 말이야."

"……그래도 고마워요."

바람처럼 왔다가 이슬처럼 갈 순 없잖아. 구구의 노래는 끝나지 않았다.

"왜 좋은지는 모르겠는데 기분이 좋아요."

"이유가 뭐 중요해. 좋으면 좋은 거지."

지금 이 상태가 좋다. 마음껏 웃은 건 정말 오랜만이다.

"꼭 달릴 때만 행복한 건 아니구나, 그런 걸 처음 느꼈어요. 어쩌면 앞으로 육상을 하지 않는다고 해도 괜찮을 것 같기도 해요."

"달릴 때만 네가 존재하는 게 아니니까. 달리든 못 달리든, 너라는 사람의 가치는 변함없어. 나는 이런 사람이야, 이렇게 살아야 해, 하고 고정해두면 위기가 닥쳤을 때 제대로 대응할 수가 없어. 스스로 가둬둔 셈이니까."

11

시속 34킬로미터 소녀

홍콩에 올 때는 함께였지만 돌아갈 때는 상황이 좀 달라졌다. 인천으로 가는 비행기는 다연만 타기로 했다.

"이왕이면 안젤리카가 있는 배를 타고 싶은데. 그러면 뭐라도 얻어먹을 수 있을 텐데. 아닌가? 이번에 잡히면 통닭구이 신세인가?"

구구는 이번에도 밀항을 택했다. 그에 더해 인천에서 잠실까지는 무려 '날아서' 가기로 했다. 그리고 프린스는 홍콩에 남기로 했다. 정확히는 그 어리바리한 마술사 곁에.

"혼자서 괜찮겠어요?"

"한강에서 일평생 멍청한 닭둘기들이랑 사는 것보다는 낫겠지. 지긋지긋한 서울을 절대 떠나지 못할 거라고 생각했는데, 역시 세상에 절대란 없다니까."

프린스의 살벌한 농담은 그대로지만 목소리만큼은 조금 밝아졌다.

"이 밤이 지나면 내일이 시작되고, 내일은 내일의 태양이 떠오른다. 스칼렛 오하라. 크으."

구구는 스칼렛 오하라도 아니면서 그녀의 대사로 여행의 소감을 대신했다.

"빨리 돌아가고 싶어요."

"집으로?"

다연은 고개를 끄덕이다가 이내 저었다. 집도 그립다. 하지만.

"트랙으로요."

이제 가장 좋아하는 장소로 돌아갈 일만 남았다.

♦♦♦

오늘 지면 끝이야.

코치는 출발선 앞에 서 있는 다연에게 늘 그렇게 말했다. 그 말을 들으면 속이 메슥거렸다. 어떤 날은 출발선에서 다리가 풀렸다. 압박감이 파도처럼 계속 온몸을 때렸다. 숨을 쉴 수가 없어서 시야가 좁아진 적도 있었다. 달리고 싶으면서 동시에 달리고 싶지 않았다. 달리지 않으면 지지도 않으니까. 하지만 달리지 않으면 달리고 난 다음의 기분도 느낄 수 없다. 종아리와 심장은 터질 것처럼 고통스럽지만 옆의 선수보다 앞서서 달리는 기분, 누군가 내 이름을 크게 부를 때의 기분, 스피드가 결승선까지 떨어지지 않는 기분. 좋아하는 감정에는 여러 복잡한 감정이 섞여 있다는 걸 이제는 알고 있다. 그렇기 때문에 멈출 수 없다. 감자 칩 같은 달리기를.

다연은 한강공원의 트랙 위로 올라섰다. 해는 아직 완전히 떠오르지 않았다. 한강공원은 변함없었다. 듬성듬성 흩어진 콩처럼 자기 자리에서 맨손체조를 하는 사람들, 오도카니 앉아서 주인의 체조가 끝나기를 기다리는 개들, 단체복을 똑같이 입고 헛둘헛둘 줄을 지어 달리는 마라토너들. 여전히 더럽지만 아침 햇살 덕분에 금빛으로 빛나는 한강도 그대로다.

'정말 돌아왔구나.'

사고 칠 궁리만 하는 괴물이 사는 것만 같던 왼쪽 발목도 잠잠하다. 다연은 혓바닥으로 볼 안쪽 살을 훑었다. K에게 맞은 뺨도 더 이상 아프지 않다.

"끝이 아니야."

다연은 중얼거렸다.

끝이 아니야. 다시 한번 그 말을 입 밖으로 꺼내 진짜로 만들었다.

♦♦♦

다연은 체육복 주머니에 손을 넣은 채 잠실대교와 해 질 녘의 한강을 바라보았다. 조금도 깨끗해 보이지 않는 한강이 잔물결을 일으키며 다연이 서 있는 둔치를 살짝살짝 건드리고 빠졌다. 구구는 이미 벤치에 자리를 잡고 인절미를 야무지게 쪼아 먹고 있었다. 어째 홍콩에 다녀온 지 3개월 만에 구구의 허리둘레가 제자리로 돌아간 것 같다.

〈첩혈쌍웅 3〉은 흥행에 참패했다. 인간들은 그런 면에서 꽤 냉정했다. 과거의 추억만 가지고 재미없는 영화를 봐주지 않았다. 덕분에 예상보다 빨리 VOD로 출시되었고 그 덕에 오늘 다 함께 모여 거국적으로 시사회를 할 수 있게 되었다.

다연과 해수는 돗자리에 앉고 구구는 VIP석인 벤치에 앉았다. 멤버 중 유일하게 청소년 관람불가 등급인 〈첩혈쌍웅 3〉

을 결제할 수 있는 해수가 휴대폰을 제공하고 다연은 돗자리와 간식을 준비했다. 구구는 며칠 동안 VIP석이 곧 매진이라며 설레발을 쳤지만 영화를 보러 온 비둘기는 두 마리뿐이었다. 나머지는 다연이 가져온 인절미를 하나씩 물고 사라졌다. 해수는 셀카봉에 휴대폰을 끼우고 재생 버튼을 눌렀다.

도무지 총알이 줄지 않는 총격전과 그렇게 많이 쏘고도 한 대도 맞추지 못하는 얼빵한 악당들이 지나가고, 드디어 성당 총격 씬이 시작되었다. 고막이 닳을 것 같은 총성과 함께 흰 비둘기들이 일제히 날아올랐다.

"음?"

다연은 고양이처럼 눈을 가늘게 뜨고 휴대폰 화면을 바라보았다.

"내가 오늘 안경을 안 쓰고 와서 못 본 것 같은데, 혹시 구구가 어디 나왔을까?"

해수가 말했다. 안경 탓이 아니다. 다연도 구구를 발견하지 못했다. 해수는 다시 영상을 앞으로 돌려 천천히 성당 장면을 재생했다. 그리고 달팽이의 속도로 이쪽부터 저쪽까지 살펴보았다. 화면 가장 아래 오른쪽 모서리에 아주 살짝, 흰색 페인트가 묻은 구구의 날개가 삐죽 나왔다가 금세 사라졌다.

겨우? 얼마나 고대하던 출연인데. 아저씨, 상처받은 건 아닐까.

"다들 봤지? 꿈은 이루어진다니까!"

구구는 기쁨과 환희에 몸부림쳤다. 그리고 가슴 털을 있는 힘껏 부풀리며 날아올랐다.

♦♦♦

달릴 때는 모든 걱정거리가 날아간다. 앞으로 어떤 날이 이어질지, 엄마와 둘이 살아가게 될 우리는 어떤 모습일지 대신 이런 것들이 떠오른다.

할머니의 팥빙수.

이불을 돌돌 감고 자는 엄마.

나무 뒤에 숨어서 나를 보는 아빠.

한강공원 벤치에 앉아 있는 해수 언니.

그리고 주윤발 없이도 최선을 다해 날아오른 아저씨.

다연은 트랙에 서서 관중석을 바라보았다. 그 많은 사람 속에서 엄마와 아빠를 한 번에 찾았다. 엄마는 홍콩에서 날아온 엽서를 받고 아이처럼 기뻐했다. 홍콩은 나중에 천천히 가도 된다. 어른이 되면 엄마를 데리고 갈 것이다. 엄마에게 전부 보여주고 싶다. 무뚝뚝하지만 친절한 개가 있는 개 주차장도, 외로운 누군가를 위해 영화를 틀어주는 위영의 캐러밴도.

"주다연 파이팅!"

엄마 목소리가 여기까지 들릴 리 없지만 그래도 들리는 것 같다. 엄마 목소리를 온몸으로 받아들였다.

숨을 들이마시자 폐가 새로운 공기로 채워져 부풀어 올랐다. 강렬한 햇빛이 스포트라이트처럼 트랙을 지탱하고 있는 단단한 두 다리를 비췄다. 가장 먼저 피니시라인을 밟는 것보다 중요한 것은 계속 달리기를 좋아하는 것, 좋아하는 걸 포기하지 않는 것이다. 또다시 넘어지고 두려움이 밀려오고 외로운 시간이 찾아와도 멈출 필요는 없다고, 다연은 생각했다. 그저 계속 킵 고잉할 것이다. 시속 34km로 달릴 수 있을 때까지, 킵 고잉.

머리 위로 회색빛 비둘기 한 마리가 천천히 날고 있다. 제비처럼 반갑지도 참새처럼 귀엽지도 딱따구리처럼 유니크하지도 않은, 말 많고 식탐 많고 오지랖 넓고, 그리고 용기 있고 현명한 나의 비둘기 아저씨, 구구.

레디. 이제 곧 출발을 알리는 총성이 울릴 것이다.

숨을 들이마시자 폐가 새로운 공기로 채워져 부풀어 올랐다. 강렬한 햇빛이 스포트라이트처럼 트랙을 지탱하고 있는 단단한 두 다리를 비췄다. 가장 먼저 피니시라인을 밟는 것보다 중요한 것은 계속 달리기를 좋아하는 것, 좋아하는 걸 포기하지 않는 것이다. 또다시 넘어지고 두려움이 밀려오고 외로운 시간이 찾아와도 멈출 필요는 없다고, 다연은 생각했다. 그저 계속 킵 고잉할 것이다.
시속 34km로 달릴 수 있을 때까지, 킵 고잉.

에필로그

비둘기에 관해 알아낸 몇 가지 사실

1. 비둘기는 인간과 대화를 할 수 있다. 다만 그 사실을 숨기고 있을 뿐.
2. 비둘기는 저마다 좋아하는 음식이 있다.
3. 비둘기는 인간과 좋은 친구가 될 수 있다.
4. 비둘기는 생각보다 오래 산다. (무려 20년)
5. 비둘기는 순정파다. 한 비둘기하고만 짝을 맺는다.
6. 비둘기도 살을 빼면 날 수 있다.
7. 어떤 비둘기는 외제 차 종류를 구별할 수 있다.
8. 또 어떤 비둘기는 조용필 노래 가사를 전부 외우고 있다.

9. 심지어 한강공원 어디에서 무료 와이파이가 터지는지 알고 있다.
10. 마지막으로 어떤 비둘기는 위로가 필요한 사람을 알아볼 수 있으니, 혹시라도 발밑에서 알짱거리는 비둘기가 말을 걸지 않는지 귀를 기울여볼 필요가 있다.

－Finish line－

구구 아저씨

2022년 7월 22일 초판 1쇄 발행

지은이 김은주
펴낸이 박시형, 최세현

책임편집 김명래 **디자인** 이정현 **교정·교열** 노은정
마케팅 양봉호, 권금숙, 양근모, 이주형, 박관홍 **온라인마케팅** 신하은, 정문희, 현나래
디지털콘텐츠 김명래, 최은정, 김혜정 **해외기획** 우정민, 배혜림
경영지원 홍성택, 이진영, 임지윤, 김현우, 강신우
펴낸곳 팩토리나인 **출판신고** 2006년 9월 25일 제406-2006-000210호
주소 서울시 마포구 월드컵북로 396 누리꿈스퀘어 비즈니스타워 18층
전화 02-6712-9800 **팩스** 02-6712-9810 **이메일** info@smpk.kr

ISBN 979-11-6534-557-0 (03810)

• 이 책의 국립중앙도서관 출판시도서목록은 서지정보유통지원시스템 홈페이지(http://seoji.nl.go.kr)와 국가자료공동목록시스템(http://www.nl.go.kr/kolisnet)에서 이용하실 수 있습니다.
• 잘못된 책은 구입하신 서점에서 바꿔드립니다.
• 책값은 뒤표지에 있습니다.
• 팩토리나인은 (주)쌤앤파커스의 브랜드입니다.